真夜中のメンター
死を忘れるなかれ

実業之日本社

実業之日本社文庫

目次

　アダムソンの瞳の色は、チョコレート色よりも少し明るいキャラメル色だ。日本人には珍しい長毛種（ちょうもうしゅ）の猫のように柔らかそうなブロンズの髪を、まるで猫のように自然なままで肩を少し越えるくらいまで伸ばしている。

　お気に入りのティーカップをサイドテーブルに置き、長い足を悠然と組んで大きな安楽椅子に深く腰掛ける。

　そして端整な顔立ちを崩さず、いつもそこで微笑（ほほえ）んでいる。

　初めて夜にこの場所を訪れた時、道路から窓を見上げて思った。暗闇にふわりと浮かぶ窓灯（あか）りは、まるで道しるべのようだと。夜に彷徨（さまよ）う子羊たちが迷子にならないための、優しい道しるべのようだと。

　肌に纏（まと）う部屋の中の空気を少し冷たく感じた。今夜はちょっと冷えそうだ。つい数日前まで汗をかいていた気がするというのに、いつのまにか季節は巡る。たった一人のこの部屋では、寒さをより敏感に感じ取ってしまうのだ。

　僕はいつものようにポットに水を張り、コンロの火にかけた。蛇口をひねる音、水が流れる音、それがポットの底を叩（たた）く音、そしてガスレンジをカチッと点火する音までもが大きく部屋に響いた。

　真夜中のこの場所はとても静かで、主（あるじ）を失った安楽椅子はなんだか寂しそうで、こんな夜はいつだって彼を思い出す。

チリン、チリリンと玄関のチャイムベルが鳴った。

僕はハッと、玄関口を振り返った。

この扉からあの日のように彼が、またあの日の続きのように、何事もなかったかのように彼が、現れるのではないかと期待して。

「……元気だった？」

期待を裏切られた一瞬の寂しさは、玄関ではにかむ彼の姿によって掻(か)き消された。

「元気だったよ」

数年ぶりの嬉(うれ)しい来客だった。

火にかけたポットからシューッと湯が沸く音がした。その音すら心なしか嬉しそうに聞こえてしまう。いつの間にか肌寒さは消えていた。

彼はいつもそうしていたように、大きなアンティーク調のダイニングテーブルの一席で、僕が珈琲(コーヒー)を淹(い)れるのを待っていた。

大きな出窓には、前のオーナーが集めた動物や小さな食器などの陶器でできた置物が並べられている。彼は懐かしそうな瞳でそれらを眺め、人差し指でクマの頭をチョンと小突いた。そんな彼の背筋はシャンと伸びていた。それを見て、僕はふとアダムソンの言葉を思い出した。

『大きなダイニングテーブルをみんなで囲むのはいいよね』

一人暮らしには大きすぎるこのダイニングテーブルは、アダムソン自身が選んだものだと聞いた。彼も今頃、どこかで大勢の人たちと大きなダイニングテーブルを囲み、優雅なお茶会でも開いているのだろうか。そう願ってやまない。

淹れたての珈琲をお盆に乗せて彼の元へと運ぶと、歩くたびにキイキイと床が小さく鳴った。どこもかしこも古いこの部屋はいわゆる居ぬき物件で、玄関の扉に至ってはもう五十年以上も前のものらしい。

前オーナーによって〝メメントモリ〟と名づけられたこの古い音楽喫茶は、色彩豊かで希望溢（あふ）れる時代だった昭和から激動の平成へ、この世とこの世に生きる人々の移り変わりを静かに見守ってきたのだろう。

「まさか令和まで残るとは思ってなかっただろうな……」

僕の呟（つぶや）きに気づいた彼が「何？」と問いかけた。

僕は「ううん」と首を振った。

「お砂糖とミルクは？」

彼は少し澄まして「ブラックで」と答えた。

いつのまにブラックで飲めるようになったの？

その問いは心の中だけにとどめて、珈琲カップを彼の前にカチャリと置いた。

「この場所、昔は音楽喫茶だったんだって」

僕が話しかけると、彼は「ああ……、なるほど」と、改めて部屋の中をぐるりと見回した。

「だから音が綺麗（きれい）なんだ。アダムソンの趣味かと思ってた」

止まった彼の視線の先には、前オーナーが生涯をかけて集めた素晴らしい音響設備が鎮座していた。

「僕も最初はそう思ったよ。でも前のオーナーが音響の設備を整えたみたい。それをアダムソンが住めるように改造したんだって」

僕は自分の分の珈琲を、彼の正面の席に置いて椅子を引いた。

「あれ？」

彼は僕を見上げて言った。

「今日は〝無し〟なの？」

一瞬の間の後、僕はその意味に気づいて「ああ」と声を上げた。

「どうりで、なんだか静かだと思った」

苦笑いと共に彼を見ると、彼はなんだか切ない顔で口の端を持ち上げてみせた。

「たった今『音楽喫茶だった』って話してたのに、ボケてるよ」

自嘲するようにそう言って、僕はひとまず席に座ったまま、一口珈琲を飲んだ。

「我ながら美味(おい)しい」

わざとらしく明るく振る舞うと、彼はなんとも言えない顔で目元をくしゃっと歪(ゆが)ませた。

「なんの曲にしようか」

僕が尋ねると、彼の表情は再び切なく変わった。

「今日は、アダムソンの話がしたくて」

そう言って、彼は静かな微笑みをそっと僕に向けた。

僕も微笑みを返して「そうだね」と答えた。

「じゃあ、想(おも)い出話に花でも咲かせようか」

たった今腰を下ろしたばかりの椅子から立ち上がると、足の下でギシッと大きく床が軋(きし)んだ。

キシッキシッと床を鳴らしながら立派な音響設備に辿(たど)り着き、再生ボタンを人差し指でグッと押し込む。
スピーカーから美しいピアノの旋律が流れ始めた。

File1

自殺志願少年

「では、本日のお便りです。ワタソン君、どうぞ」

アダムソンが僕に合図を送った。

「はい。えー……『私は最近の若者についていけません。例えば、上司が職場に残っていても先に帰ってしまう、朝は上司より遅く出勤してくる、残業を断ることがある、飲み会に参加しても途中で帰ってしまう、などなど羅列すればきりがありません。私はどうしてもそれを見ていてあり得ないな、という気持ちになってしまいます。私の考え方が古いのでしょうか。どうか、メンター様のご意見をお聞かせください』とのことです」

棒読みなのはご愛敬。そもそも僕はこういったことにまったく向いていない。

「さてさて、では始めましょうか」

そう言ってアダムソンは、安楽椅子の上で悠然と長い足を組み替えた。

「はい、どうぞ」

僕は淡々と進行を続けた。

「ワタソン君」

アダムソンが僕をちらりと見た。

「はい」

何なんだ。という気持ちを抑え、返事をした。

「ワタソン君」

アダムソンは顎をしゃくるようにした。だから、何なんだ。

「はい、お願いします」

僕の返答に、アダムソンはもどかしそうにしながら小さく声を出した。

「曲を……」

あ、忘れてた。

「ああ、はいはい。……しょっと」

音響スイッチを人差し指でぐっと押し込むと、美しいピアノの旋律が流れ始めた。やれやれ。

「はい、では張り切ってどうぞ」

アダムソンは「ンンッ」とわざとらしく咳払(せきばら)いをして、スマホのカメラに向かい、ご自慢の美しい顔に優雅な微笑を浮かべた。

「どうも、こんにちは。あなたのメンター、アダムソンです」

「お疲れ様でした。本日の視聴者数は三名でした」

配信の停止ボタンを確実に押したことを確認し、僕は言った。

それにしても視聴者三名とは。この生配信に意味はあるのだろうか。

「ワタソン君」

アダムソンは大きな安楽椅子で足を組んだまま不服さを隠そうともせず言った。

「はい」

さも難し気な顔をしている。まあ視聴者三名ではショックを受けても仕方ない。

「さっきのはどうかと思うよ」

アダムソンの眉間には珍しく、くっきりと皺(しわ)が寄っていた。

「はい？」

なんのことかわからず、僕は言葉を覚えたてのオウムのように繰り返した。

「さっきの。あの『では張り切ってどうぞ』ってさあ……」

「はい」

それがどうした。

「なんだかすごく投げやりに感じちゃったよ、私」

アダムソンはわかりやすく、大袈裟(おおげさ)に眉尻を下げてみせた。

「え、そうですか？」

無表情で答えた僕に対し、彼は「そうだよ」と、これまた珍しく声を張った。

「だって、『では張り切ってどうぞ』だよ？　ちょっと馬鹿にしてない？　昔のベストテンじゃないいんだからさ」

「え、なんですか？」

「ベストテンだよ。知らない？　司会者が、それでは張り切ってどうぞって。言わない？　あれ、ベストテンじゃなかったっけ？　ああ、のど自慢かな？　ほら、司会者がさ、前奏の間ペラペラとしゃべるじゃない？　挑戦者の人生のまとめ的なあれ。結婚式で司会が最初に新郎新婦を紹介する時みたいな、あの人生を三行でまとめたようなやつ。……あれって新郎新婦が自分で原稿書いてるのかなあ？　僕の人生こんな感じっすよ、みたいな。それとも式場が誰かそういう物書きを雇ってるんだろうか。生まれた時からの人生を三行でまとめるって大変だろうねえ。ねえ、どう思う？」

「そうですねえ……」

もはや何を尋ねられたのか、さっぱりわからなかった。

「……私の話、聞いてた？」

アダムソンが不服そうに尋ねた。

「はい、聞いていましたよ」

それは嘘（うそ）ではない。ただ内容がさっぱり頭に入ってこなかっただけだ。

「どう思う？」

「何がですか？」

「何がって、だから……」

「何です？」

僕はアダムソンの目をじっと見つめた。彼も僕を見て、口の端を結び、訝（いぶか）し気に眉根を動かした。

「……何だっけ」

アダムソンが苦虫を噛（か）み潰したような声で呟いた。

「問題はなかったですか？」

僕はニヤリと上がりそうになる口角を、頬の筋肉で抑えこんだ。見事なうやむやだ。

「問題は……ないよ」

そう言いながら、アダムソンは眉間に刻まれた皺を深くした。

「それなら、よかったです」

自分でいうのもなんだが、この人のあしらい方はもうすっかり板についた。まさにそう、立て板に水を流すが如く。真正面から相手をするだけ時間の無駄だ。

「うん……よかった……」

アダムソンは解せないといった表情を浮かべながらも、しぶしぶ頷いた。

「では、僕はこれで」

帰る仕草を見せた僕に、アダムソンは驚いたように少し高めの声を出した。

「あれ、もう帰るの？　まだ四時だよ」

「はい。今日は田舎から母がくるので、一時間早く上がります」

昨日も一昨日も一昨昨日も、なんなら一週間以上前から毎日言い聞かせているはずのこのセリフを、一切の感情を込めることなく口にした。

「ああ、そうだ。そう言ってたねえ」

まったく、この人は。

思わずこみ上げてきた溜息を肺の奥底へと無理やり押し込めて、「問題なかったですか？」と、再度感情を込めずに尋ねた。

「うん、問題ないよ。ご苦労さま。明日もよろしく頼むよ」

アダムソンは僕にいい笑顔を向けた。

「明日も、休みです」

僕も一切の感情を排除した、いい笑顔を彼に返した。

「あれ、そうだっけ？」

まったく、この人は。

「はい。ちなみに明後日も休みです。引き続き田舎から母がきているので」

ここ一週間繰り返し続けた言葉を、噛んで含めるように口にした。

「ああ、そうか。そうだよねえ」

まったく、この人は。

「問題なかったですか？」

あきれ果てている僕に、アダムソンは「うん、問題ないよ」と微笑んだ。

「じゃあ………」

そう言ってアダムソンは、顔の横で右手の人差し指を立てた。このポーズは彼の癖だ。そしてそのまま静止画のごとく止まった。

しばらく待ってみたが、アダムソンは静止画のままだった。

仕方なく僕は溜息混じりに言った。

「し、あさって来ます」

　まったく、この人は。

「し、あさってか。あ、ねえ知ってる？　三重県の伊勢(いせ)地方では明後日としあさってのあいだに〝ささって〟という日を挟むらしくてね、つまり〝しあさって〟というと四日後になっちゃうんだ。だから伊勢の人としあさっての約束をするときはね……」

「僕は伊勢の出身ではないですよ」

　アダムソンの言葉を笑顔で遮った。

「あ、そうか」

　彼はハッとしたように瞳を開いた。

「問題は？」

　僕は笑顔を崩さず尋ねた。

「ないよ」

　アダムソンは再びいい笑顔を見せた。

「よかったです」

「うん、よかった」

　アダムソンはにこにこと答えた。

「では」

僕もにこにことリュックを背負うと、満を持して扉に手をかけた。

「うん、ご苦労さま。二回目だね。ご苦労さまでした。あ、三回言っちゃった」

そんな彼を無視して「お疲れさまでした」と、玄関扉を開けた。

「お疲れさま、ワタソンくん。また、しあさってにね」

アダムソンの四回目の挨拶を背に、僕は事務所を後にした。

「相変わらず疲れる人だなー……」

階段を下り道路に出ると、僕は立ち止まり二階の窓を見上げた。外観はただの古びた雑居ビル。この二階にアダムソンの家、兼事務所である〝メメントモリ〟がある。

「金持ちの道楽かと思ったけど、けっこうちゃんとやってはいるんだよな……」

僕はアダムソンの本名を知らない。アダムソンは僕をワタソンなどとふざけた名で呼ぶ。『渡邊(わたなべ)ソナタ』という僕のちょっと変わった名前をもじっているらしい。まるでホームズ気取りの、変な、もとい個性的な人だ。それでも一応、仕事はちゃんとしている。

彼の肩書は、メンター。

「ていうか、なんなんだよ。メンターって」

夕陽が目に差し込み、眩しくて目を細めた。今日は木曜だ。明日は田舎から母がでてくる。約一か月ぶりの再会だった。


僕が次にアダムソンの事務所兼自宅を訪れたのは、予定通り三日後の日曜日だった。

「ひどい顔ですね」

だらりと安楽椅子にもたれるアダムソンを見て、思わず本音が口をついた。

「三日間眠れなかったんだ」

まるで断食明けの吸血鬼のような顔色だ。もちろん断食している吸血鬼を見たことはないのだが、肌は青白く、眼の下には立派なクマがお目見えしている。

「一体どうしたんですか？」

顔面だけがこの人の、唯一と言ってもいい取り柄なのに。

「……豆電球が……切れた……」

彼はやつれきった様子でふらふらと立ち上がった。吸血鬼と思ったけれど訂正しよう、まるでゾンビだ。

僕は溜息を、これ見よがしにハアーと吐いた。

「いいですか、アダムソンさん。外に出ると鉄の塊が走っています。小さいものを車と呼びます。そしてなんと、もっと大きな鉄の塊もあるのです。それがいくつも連なったものを、我々の世界では電車と呼びます。それに乗るとですね、なんと、なんとですよ、わずかなコインで遥か彼方までも行けてしまうのです。そう、秋葉原という街までも。そこは電球が山ほど買える、まるで魔法のような街でして……」

「ワタソン君」

アダムソンがじっとりとした視線を僕に向けた。

「なんでしょう」

「馬鹿にしているね」

アダムソンはゾンビのまま、なんとかといった様相で冷蔵庫までたどり着くと、もたれかかるようにその扉に摑まり、ギギギと音がしそうなほどゆっくりとそれを開けた。

「まさか」

僕は心にもない返答をした。彼はなんとか冷蔵庫から牛乳を取り出すと、それをグラスに注ぎ、噛みしめるようにゴクリと一口飲んだ。そして肺の奥底から絞り出すように深く息を吐いた。

「ちゃんと想像してくれないか、ワタソン君」

そう言うと、アダムソンはぐりんと勢いよく振り返り、僕を凝視した。怖い。

「いいかいワタソン君、人類が電球切れに気づくことができるのは、たった一つの瞬間しかない。そう、電気をつけようとしたときだ」

アダムソンは、急に生気が宿ったように目を見開いた。怖い。

「そこで考えてくれ。豆電球をつけるのがどんな時か。……考えたかい？　考えたかい？　そうだ、寝ようとした時だ！」

どうやら答えさせてはもらえないようだ。

「今まさに眠りにつこうと、疲れた体を寝所まで引きずり、ようやく安眠につけると心から安堵したその瞬間、その瞬間にだけ、豆電球の切れに気がつけるんだよ！」

彼はわなわなと震える手で、グラスをドンッと力強くテーブルに置いた。

「わかるかい、ワタソン君！　その時の私の絶望が！　きみに想像できるか！」

どうやら寝不足がたたって正常な精神状態を保てていないようだ。さて、どうしようかな。

「はい、わかりますよ。アダムソンさん」

僕は手早く悟りを拓(ひら)くと、慈愛に満ちた笑みを浮かべた。

「わかってくれるかい⁉」

アダムソンがすがるような目で僕に迫った。怖い。

「私はその瞬間、死すら予感した！」

おや、これは想像していたよりも少々ハイレベルな精神異常状態だった。しかしこんなことではめげない。僕は、かけてもいない眼鏡を押し上げるような、わかりやすく言うと古畑任三郎(ふるはたにんざぶろう)が考える時のようなポーズをとった。

「ですが、アダムソンさん。明けない夜はないのです」

アダムソンの瞳が途端にキラキラと輝いた。

「ワタソン君……！」

そうなのだ、この人には名言っぽいことを言っておけばいいのだ。

「ワタソン君。そうだよ、君の言う通りだ。明けない夜なんてない。きみはたまーに、良いことを言うね」

たまーに、は余計だ。

「この前、アダムソンさんに教わった言葉です」

僕は仏の笑みを浮かべ、追い打ちをかけた。

「ワタソン君……！　きみは私の言うことをちゃんと覚えて……。きみはなんて、なんてすばらしい助手なんだ！」

感動で身を震わせている。単純だ。驚くほど単純だ。面白いからもう少しだけ遊んでみることにしよう。僕は胡散臭い（うさんくさ）いセミナー講師のように両手を広げた。

「アダムソンさん。いいですか？　たとえその時は絶望に襲われたとしても、朝がくる。そう！　必ず、朝はくるのです！　アダムソンさん、あなたにも朝はきたはずです。では、なぜ。なぜそこで！　豆電球を買いに行かなかったのでしょうか⁉」

ちょっとやりすぎた。ミュージカルかの如く差し出した手がものすごく恥ずかしくなってきた。

「ワタソン君……！」

彼はなんと、その手をひしと握った。

「私はすっかり打ちひしがれていたのだよ……！　なぜなら、私は闇が去り、朝の光が差すまでなんと十時間もの間……そう、十時間もの間！　死の淵を彷徨っていたのだから……」

現在の日の出は六時半頃。それまで十時間ということは……。この人、八時半に寝ようとしたな。いくらなんでも早すぎるだろ。

「それほどの時間、闇を彷徨い恐怖に震えた人間の心がわかるかい？　私はもう……すっかり萎れて……朝の光を浴びたくらいでは立ち直れなかった……」

アダムソンは、考える人、もしくはビスマルクのポーズで床に膝をつき眉間を押さえた。気分はすっかりピンスポットを浴びる舞台俳優だろう。

僕はとりあえず、彼がいつのまにか飲み干していたグラスをシンクまで運び、おもむろにそれを洗い始めた。

「それで結局、豆電球は買いに行っていないんですね？」

濡れた手をタオルで拭いて振り返ると、アダムソンが勢いよく立ち上がった。

「急に飽きないでくれよ！」

まだ床に座っていたのか。僕はそれを無視して続けた。

「要するに、買いに出るのが面倒くさかったんですね？」

「豆電球を買うために、わざわざ電車を乗り継いで秋葉原だよ？　ちょっとあんまりじゃないか。遠すぎるよ。この私の残り少ない体力で、徹夜明けの微弱な気力で、そんな僻地まで辿り着けると思うかい？」

知ってか知らずか知らないが、秋葉原が僻地ではないことだけは確かだ。

「じゃあ昼に寝て、夕方買いに行けばいいんですよ」

僕は出しっぱなしになっていた牛乳を冷蔵庫の定位置へ戻した。牛乳パックはだいぶ軽くなっていた。

「私は吸血鬼じゃないよ！ 明るい中でなんて眠れない！」

断食明けの吸血鬼みたいな顔してたくせに。部屋中の窓を覆う立派な遮光カーテンは、一体何のためについているというのだ。

「でも真暗闇よりマシでしょう？」

「どちらがマシかなんて問題じゃないんだ。いつも言っているだろう？ 比べることはよくないと。いいかい、比較は全ての悲劇の始まりだよ。誰かと比べるから苦しくなって、あの人は『ラーメン食った』とかクソしょうもないこと呟いて『いいね』を三百ももらっているのに、私が三日三晩考えた名言には『いいね』三つだぞ！ 百倍もの差はどこで生まれた⁉」

また唐突なことを。そもそも、あの人って誰だ。

「ご自身の話になっていますよ」

ついでに口も悪くなっていますよ。

「私だって呟いたさ。ラーメンを美味しくいただきました、と。あいつよりもよっぽど上品に……」

パクッてんじゃねーか。

「そうしたら、なんと。なんと！『いいね』が三十もついた！　自己最高記録だよ⁉」

「それはそれは、おめでとうございます」

僕は白けた声で言った。

「ラーメンなのか。やっぱりラーメンなのか。もはやどんな名言もラーメンにはかなわないのか……」

アダムソンはグズグズと愚痴をこぼした。

僕はと言えば、グラスも洗ったし、牛乳も戻したたし、テーブルも拭いたし、手持ち無沙汰だ。さて、そろそろこのセリフだな。

「あ、それなんか名言っぽいですよ」

「えっ、ほんと？」

アダムソンの瞳が瞬時に輝いた。

僕はしたり顔で「はい」と頷いた。

「えっ、どれ？　いま私なんて言ったかな」

アダムソンはソワソワしながらウロウロと歩き回り、ペンとメモ帳を探し始めた。最新のスマホを持っているくせに、この人はアナログが好きだ。

「どんな名言もラーメンにはかなわない」

彼は慌てて書類の山に埋もれていたペンを掘り出した。

「ちょっと待って、メモするから。ええと……どんな……名言も……」

こうやってどこにでもメモをしてそれを放置するから、どんどん部屋が散らかっていく。

「ラーメンにはかなわない」

「ラーメン、には……」

アダムソンはふとペンを止め、ぐりんと振り向いた。

「これ、本当に名言？」

急に我に返らないでほしい。むしろずっとそっちの世界にいればいい。そのほうが格段に扱いがラクなのだ。

「はい、名言です」

僕はきっぱり言い切った。

「そう？」

「さすが、アダムソンさんです」

畳みかけると、アダムソンは「そうー？」とまんざらでもなさそうに相好を崩した。

単純だ。驚くほど、いや恐ろしいほどに単純だ。

「では、僕は電球を買ってきます」

ひと段落ついたと確信し、僕は食器棚の中にある経費の入った小さな財布を取り出した。

「ありがとう。ではきみが出ている間、私は仮眠をとることにしよう」

アダムソンはそう言って、クッションと毛布を抱えると三人掛けの大きなソファにいつものように横になった。背の高い彼は、頭を肘かけに乗せてもふくらはぎから下はソファの外に放り出されてしまう。この寝姿はとてもよく見る。もはやしょっちゅう見る。夜八時半にはベッドに入っているくせに、昼寝もほぼ毎日している。そのうち寝すぎで脳みそが溶けるんじゃないだろうか。というか……。

「明るくても眠れるんじゃねーか」

口の中でボソッと毒づくと、キッチンの壁に掛けてある鍵を取った。

「豆電球だよ。オレンジのやつね」

アダムソンがすでに気だるい雰囲気を醸し出しながら言った。

「はいはい」

寝つき良すぎるだろ。むにゃむにゃとしゃべらないでほしい。

「あっ、ついでにたい焼きも……」

アダムソンがむにゃむにゃと続けた。

「はいはい」

たい焼きは彼の好物だ。

「あ、あと……」

「牛乳も、ですね」

アダムソンがフフッと笑った声がした。

「さすがだよ、ワタソン君」

振り返ると、アダムソンは眠そうな視線を僕に向け、微笑んでいた。

「いってきます」

溜息と共に事務所の扉に手をかけた。背後からアダムソンの独り言のような声が聞こえた。

「君がいるから、よく眠れるんだ」

手を離すと、僕の後ろで扉がパタンと閉まった。

事務所からほど近い場所にある老舗のたい焼き屋には、今日も長い列ができていた。盛況で何よりだ。列はあるが回転率がとても良いので順番は割とすぐにくる。

「はい、らっしゃいませ！」

店主の威勢の良い声に僕は「あんこ四つください」と伝えた。

「もう焼きあがるから、あと一分待ってね！」

僕は「はい」と頷いた。アダムソンお気に入りのこの店には、三日にあげず通っている。僕はもうすっかりこの店の常連だ。アダムソンにはたい焼きは牛乳とセットで食すという、まったくどうでもいい拘りがある。金持ちらしいが、そのわりには庶民的な嗜好だ。以前思わずぽろりとそういった意味合いのことを口にしたら、どこでスイッチが入ったのか、たい焼きの起源にまで話が発展して、たい焼きという存在の素晴らしさ、そして牛乳とのマリアージュがいかに完璧であるかを延々と語られ非常に迷惑だったので、もう二度と口には出さないことに決めている。

「はい、お待たせしました。毎度どうも」

店主が熱々のたい焼きが四つ入った薄い紙袋を差し出し、にっこり笑った。

右手にはオレンジ色の豆電球が入った電気屋の袋と、牛乳が入ったコンビニのポリ袋、そして左手にはたい焼き。たい焼きはいつも最後に買う。もちろんアダムソンが温かいうちに食べられるようにだ。

事務所は古いビルの二階にある。階段を上がり扉に手をかけると、中から聞きなれたピアノの旋律が漏れだした。僕は反射的に息をひそめた。

「ただいま戻りました……」

チャイムベルがチリンチリンと鳴らないようにそうっと扉を閉め、忍び足でキッチンまで歩き、牛乳を静かに冷蔵庫にしまうと大きなダイニングテーブルの上にたい焼きを置いた。そしてなるべく気配を消しながら「助手席」へ進んだ。

この曲が流れている時は『お客』がいる時だ。

事実、目の前には先ほどのゾンビ顔とは見違えるほど落ち着き払って、長い足を悠然と組み安楽椅子に深く腰掛けているアダムソンと、彼の手前にもうひとつ、いかにもまだ若そうな猫背が見えた。アダムソンはその猫背越しにほんの一瞬僕へと視線を投げ、見逃してしまいそうなほど微かな笑みを浮かべた。僕は視線だけで頷き返すと、再び息をひそめた。

ベートーヴェンのピアノソナタ第八番『悲愴』第二楽章。

この曲が流れる時、彼は『メンター』となる。彼がこの曲に拘る意味はわからない。でもこの曲はきっと、彼にとってのスイッチであり、もしかしたらまだ僕の知らない〝何か〟なのかもしれない。僕はいつもの「助手席」に座る。その名の通り、メンターの助手である僕のために用意された席だ。『お客』が僕の存在を気にしないようなるべく気配を殺し、万が一お客が暴挙に出た場合それを止める役目でもある。

お客となる彼らは、自らの足でこの場所までくる。だが、みなすぐに心を開くわけではない。むしろ疑心暗鬼で固められた何かしらの『塊』を抱え込んであの席に座る人がほとんどだ。

この猫背の少年もきっと今そうだろう。

無理もない。僕も初めてアダムソンに会った時はそうだった。

残念ながら、無駄に顔面レベルとコミュ力が高いこの人は、どこからどうみても怪しい詐欺師のようなのだ。

「どうして自殺したらいけないんですか。誰にも迷惑かけなければ問題ないじゃないですか」

少年の主張は幾分か投げやりに聞こえた。難しい質問だった。そっとアダムソンの様子を観察すると、彼はただ穏やかに微笑んでいた。

「そうです。自殺することに関しては特に問題はありません。そして私は、あなたがまだ高校生になったばかりだから死んだらいけないとも思わない。辛さなんて年齢で計れるものではないですからね」

アダムソンの声は不思議だ。誰も足を踏み入れない森の奥深くに湧く泉のように透明で、柔かく温かで、穏やかで、まるで水面に小さな波紋が広がるように耳へと届く。この世の何よりも澄んでいる。そんな錯覚さえ覚える。

「若さを理由に死んだらいけない、なんて言うのは、若い人間に死なれては困る立場にある大人の勝手な理屈です」

アダムソンは言葉を区切った。

「例えば、親や、教師といった」

猫背の少年の反応は、後ろからではうかがい知れなかった。

「……何歳になっても自殺はいけないって言いたいんですか？」

彼の声は深いところから聞こえた。

「いいえ。自殺に良いも悪いもありません。あなたの命はあなたのものです」

「じゃあ、死んでもいいんでしょうか」

少年の声は刺々しくも、とても弱々しく聞こえた。

「ええ、もちろんです。ただ、慎重にならなければいけません」

「慎重に？」

「はい。その理由は二つあります。まず第一に、これはよく言われることですが、命は一人一つしかない、ということです。当たり前に思えますが、死にたいと思う時には案外その〝当たり前〟を忘れがちになります。絶命する間際にそれを思い出して後悔したところで、もう取返しはつかない、ということです」

アダムソンはとても全うなことを言っている。が、思春期の少年の心にはそんな言葉では足りないような気がした。

少年は刺々しさを増した、もはや痛々しくすらある声で言った。

「裏を返せば、後悔しない自信があれば死んでもいいってことですね」

やはり、彼には響かなかったようだ。

「そうですね」

アダムソンは落ち着いていた。

「死んでもいいんだ……」

少年はやや意外そうに呟いた。

「はい、私はそう思います。死のうと思えばいつでも死ねます」

「後悔しなければ……?」

「はい、そうです。いつでも死ねばいい」

部屋に少しの沈黙が流れた。ベートーヴェンの『悲愴』が哀しく流れていた。

「しかし、あと一つクリアしなくてはならない問題があります」

沈黙を破ったのは、アダムソンだった。

「それが二つ目。奇しくも、あなたが先ほどおっしゃったことです」

アダムソンがゆっくりと、だが少し怪しく微笑んだ。

「俺が?」

少年の声が訝しんでいた。少年は気づいていないかもしれないが、彼はもうすでにアダムソンの世界に引き込まれている。何度もこの光景を見てきた僕にはわかった。

「はい。あなたは先ほど『どうして自殺したらいけないんですか。誰にも迷惑かけなければ問題ないじゃないですか』と言いましたね。まさに、それです」

一言一句よく覚えているもんだと感心した。

アダムソンは身を乗り出し、人差し指を立てた。これで少年の視線は嫌でも彼に、正しくは彼の指に注がれる。

「誰にも迷惑をかけずに死ぬ。これは、実は至難の業なのです」

一言一句、ゆっくりと、はっきりと。

少年の猫背がほんの少し伸びた。姿勢が少し前のめりになった。

「電車に飛び込んで人に迷惑をかけたり、ビルから飛び降りて通行人を巻き込んだらいけないってことでしょ？」

弱々しかった少年の口調に熱がこもってきた。

アダムソンはそれに応えるように、少し口調を速めた。

「通行人を巻き込まなくとも、死に姿を人に見せてはいけません。まず見た人はトラウマになります。その時点で大変な、多大なる迷惑です」

「だったら人気（ひとけ）のない森の中で首でも吊（つ）ればいいじゃないですか」

少年も負けじと口調を速めた。アダムソンは人差し指をチッチと振った。

「その場に人がいなくとも、高確率でいつか発見されます。犬の散歩の途中に、家族でハイキングの最中に、山菜やきのこを摘んでいる山の所有者に。運悪く第一発見者になった人には、大迷惑です」

アダムソンは煽(あお)るようにニヤリと笑った。

「だったら崖から飛び降りたらいい。海の藻屑(もくず)になって、魚の餌になればいい」

彼の声には「どうだ」というような自負がこもっていた。いま彼はアダムソンとディベートをしている。そして、これは実に重要なことだ。

「確実ではありません。ドザエモンかバラバラ死体になって浜辺に打ち上げられる可能性があります。第一発見者は確実にトラウマです」

アダムソンは容赦しない。澄ました顔で反撃した。

「なら……なら……」

少年が窮した。がんばれ、少年。僕は心の中でエールを送った。

「人気のない、富士の樹海で……誰にも見つからない確実な場所で……」

「確実な場所、とは？」

アダムソンが間を置かずに突っ込む。

「誰も来ないような樹海の奥なら……」

「誰も来ない、という保証は？」

「樹海には人が来ない場所があるって聞いた……」

「人が来ないというのが、どうしてわかるんですか？　誰かが行って人がいないか確かめてみたというのなら、その時点で人が来ています」

アダムソンは意地悪く微笑んだ。はたからみていても腹が立つ笑顔だ。

ついに、少年は深い溜息とともに首を折った。

しばらくして、少年はポツリと言った。

「第一発見者って……案外、厄介ですね」

どうやら少年のサイドにタオルが投げ入れられたようだ。

「そう、厄介なのですよ。第一発見者というものは」

アダムソンは「やれやれ」というようにサイドテーブルに置かれていたカップに口をつけた。

「あ、そうだ。きみにも何か飲み物を。ここは喫茶店も兼ねているのですよ。ワタソン君」

その声に、僕はほぼ反射的に立ち上がった。少年がギョッとしたように振り返った。今初めて僕の存在に気づいたのだろう。

「こちら、メニューです」

メニューを受け取る少年は猫背に戻っていた。

「え、えと……」

ドリンクばかりが三十種類も並んだメニュー表に、少年は戸惑っていた。

「値段がない……」

少年が蚊の鳴くような声で言った。

「ご安心ください。三杯までは無料です」

三杯まで、というのがなんともケチくさい気がするが、四杯以上飲んだ人を僕は見たことがない。

「コ、珈琲で……」

この少年は確か高校生になりたてと言っていた。僕がこの年代の頃はファストフード以外の店にはなかなか行く機会がなかった。

「珈琲でいいですか？　色々あるのでゆっくり選んでくださいね」

少年は「珈琲で、いいっす……」と呟いた。

僕はキッチンで珈琲を淹れ始めた。

その間も少年の主張は続いていた。

「じゃあ……いっそ部屋を閉め切って練炭自殺はどうっすか。親に第一発見者になってもらうのは？　どうしたって迷惑をかけるなら、せめて身内ってことで」

少年の、なんだか楽しい計画でもしているような声が聞こえてきた。

「それでは百パーセント警察が出動します。ひょっとしたら刑事の一人は、その日子供の誕生日で、あなたの自殺のせいで家に帰れないかもしれない。もしそれが原因で離婚なんてことになったら、めちゃくちゃ迷惑かけているでしょう？」

おや？　これは少し苦しいのではないだろうか。

「そして高確率で解剖にまわされます。その日プロポーズ予定だった男が解剖に駆り出されて、そのせいで恋人に振られるかもしれない。どうです？　恨まれるほどの迷惑です。それにあなたが死んだあと、そこを掃除する人はきっと『うわあ』ってなりますよ？　『もっと楽な現場がよかったぜー』って。それもひとつの迷惑でしょう」

アダムソンの言葉は力業に感じた。

「でも、それが彼らの仕事だし……」

そう、その通りだ。それが彼らの仕事だ。少年よ、きみは正しい。もっと自信を持って主張するんだ。さあ、どうでるアダムソン。

「迷惑をかける、かけていない、で考えればかけているという結論になります。それにやはり親を除外するのは少々勝手かと。早々と子供に死なれたうえ、勝手に『迷惑をかけないリスト』から外されるのは、あまりにも酷すぎやしませんか？」

アダムソンは厳しい表情で、深刻そうに眉間に皺を寄せた。

少年は再び少し猫背になり、俯いて、しばし口をつぐんだ。

「そうですよね、酷いですよね……。それは、俺もちょっと思いました」

おや、素直ないい子じゃないか。しかしまたもやアダムソンに軍配が上がってしまった。

アダムソンは少年を見つめ、目を細めた。僕と同じことを思ったのだろう。

「ですから、誰にも迷惑をかけずに死ぬとなると、死んだあと処理を自分でするしかないのです。でもそれは物理的に不可能ですからね。そうなると、死体が好きなサイコパスでも見つけて、前金を払った上でそいつに死体処理してもらう……とかですね……。うん、そうすれば迷惑はかからない。そいつがつかまってもまあそれは自己責任ということで……」

アダムソンはだんだんと、ひとりごとのように呟き始めた。

「あ、私、天才ですね。ついに迷惑がかからない死に方を見つけ出しましたよ。サイコパスを雇いましょう」

この人は目を輝かせて何を言っているんだ。

「それはなかなか斬新なアイデアっすね」

少年よ、君も背筋を伸ばして素直に感心しているんじゃないよ。

「でもやっぱり面倒くさいですね」

アダムソンが再び眉間に皺を寄せた。

「だってサイコパスを見つけだして、金銭まで払ってもそいつが本当に約束守ってくれるかなんて保証はないですよ。なんたってサイコパスですからね。行動も思考も予想がつきませんし、万が一、気が変わってあなたが死にたくなくなっても、最悪そいつに殺されるかもしれないです。信頼できるサイコパスを見つけるのがまず、大変に面倒くさいですよ。そもそも信頼できるサイコパスって何ですかね。信頼とサイコパスが対義語な気がしますよ」

アダムソンは心の底から残念そうな顔をした。

「じゃあ、ダメですね……」

少年も残念そうに続いた。

ところで、冷静になってみるとこの人たちは一体何の話をしているのだろうか。

「あと、すみません。私、もう一つ思いついてしまいました」

アダムソンが申し訳なさそうに眉尻を下げた。

「何ですか……？」

少年の声にも不安が混じった。

「先ほどあなたが部屋で練炭自殺なんて言うから……」

「何ですか？」

少年は更に不安をにじませた。きっとアダムソンと同じように眉尻を下げているることだろう。

「死ねば高確率で部屋を整理されるでしょう？」

アダムソンが情けない表情のまま続けた。

「ほら、ＰＣの中身とかスマホの中身とか全部きれいさっぱりこの世から消し去ってしまわなきゃ、死んでも死にきれない汚点が残るでしょう」

少年の頭上に？マークが浮かんだのが、後ろ姿からでもわかった。

「いや、俺は別に……」

「いやいやいや、ここまできて格好つけるのはよくないなあ」

アダムソンは声高らかに雄弁した。

「誰だってPCやスマホの中には決して、決して他人には見せられない履歴の一つや二つあるはずですよ。それがね、自殺だと万が一にも警察の手に渡って消去したはずのデータが復元されて調べられたりしてね。想像してみてください。その恐怖を。私はきっと思うでしょう。こんな辱めを受けるくらいなら、世界でたった一人になろうとも生涯ひっそりと生き続ければよかったと」

この人の検索履歴は一体何が残っているんだろう。想像するだけで恐ろしい。

「純粋な少年と薄汚れた大人であるあなたを一緒にしないでください」

とうとう我慢しきれずに口を挟んでしまった。少年がまた驚いた表情で僕の方を見た。

「どうぞ、珈琲です」

僕は珈琲とともに、先ほど買ってきた牛乳を温めたものと、山盛りの角砂糖と、まだほんのり温かいたい焼きを、少年の横にある小さなテーブルの上に置いた。

「あ、ども……」

少年は猫背に戻った。どうやらアダムソンより僕のほうが怪しまれているような気がする。

「私の優秀な助手、ワタソン君です。以後お見知りおきを」

少年は小さく会釈してくれた。

「ちなみにワタソン君、きみには何かいいアイデアはないのかい？」

「えっ⁉」

急にアダムソンに話を振られて、慌てて頭をフル回転させた。

「あー……では、さっき少年が言っていた『崖からダイブして海の藻屑』って案をアレンジして、サメの生息地域を探しだして、実際サメの上までいってその中へダイブすることで確実に海の藻屑となるのはどうですか？」

部屋に沈黙が流れた。

「……ワタソン君」

あ、しまった。僕はもしかしたら……。

「完璧な答えだよ。すごいよ、ワタソン君！」

「すごいっす！」

二人の瞳がキラキラと輝きだした。どうしよう、正解を出してしまったようだ。

「よかった、答えが出ましたよ。自らサメの餌になるんですよ」

「迷惑どころか、サメにとってはご馳走っすよ。自然の摂理に従って、地球の一部になれる壮大な最期になるっすね」

二人の瞳がキラキラ輝きを増した。

「いや、ちょ、ちょっとまって……」

アダムソンがスマホを取り出した。

「では早速サメの生息地域を調べて……」

いや、あんたは否定してくれよ！

「うっす」って、少年も一緒になってスマホ出さないで！

これで本当に少年が死んだらどうするんだ。背中に嫌な汗が伝った。

「あの、でも、僕はそもそも自殺は否定派っていうか、その、できればきみには強く生きてほしくって……だから、その……」

二人は僕の話などまるで聞こえないように検索を続けている。

「あ！　でも！　ボートが……！　サメの真上にいくにはボートがいりますが、死んだら回収できないので！　そのまま捨てるのは地球的にとても優しくない……、地球に迷惑です！」

スマホを操作する二人の指がピタッと止まった。

「地球に、迷惑……」

アダムソンが、珍しくプッと噴き出した。

「壮大っすね」

語尾に『笑』の文字が付きそうな嘲る言い方で、少年も肩をフルフル震わせた。確実に馬鹿にされている。

その後、珈琲をきっかり三杯飲み、小一時間ほどで少年は帰っていった。

帰り際、改めてきちんと少年の顔を正面から見た。声や話し方から想像していたよりも少年は精悍な顔立ちをしていて、今時の小じゃれた髪型をしていて、背筋を伸ばしスポーツでもしていたらそれなりにモテるのではないかと思った。

アダムソンは彼を玄関扉へ案内した。アダムソンはいつもお客を扉の外まで見送る。

その日もアダムソンは同じように少年を扉の外まで見送り、ほんの一分ほどで部屋へ戻ると「ふう」と息を吐き、安楽椅子に腰かけた。

僕はいつものようにお客が使ったカップを片付けた。温めた牛乳をたっぷり入れたミルクポットは空っぽになり、角砂糖の山も小さくなっていた。

お客が帰った後は、アダムソンにカモミールティーを淹れる。

「お疲れさまでした」

僕はいつも通りそれをサイドテーブルに置いた。

「ありがとう」

彼もいつも通り、悠然とティーカップを傾けた。

「彼、だいぶすっきりした顔をしていましたね」

アダムソンは「そうだといいね」と、その端整な顔立ちを崩さず微笑んだ。

彼の肩書は『メンター』という。

その仕事は、話を聞くこと。カウンセラーでも精神科医でもない彼は、ただただ『お客』の話を聞く。友達や家族には言えないことを、誰にも話したくない秘めた気持ちを、吐き出したい想いを。彼はただそれを受け止め、そして時にアドバイスをする。

まるで真夜中のようなこの世を彷徨う小さな羊たちを導く灯りのように。

駅から徒歩で約十五分。三丁目の角を曲がって少し進んだところにある古い雑居ビルの二階。扉には〝メメントモリ〟という看板が掛かっている。

ここは昔、音楽喫茶だった。クラシック好きの前オーナーが揃えた素晴らしい音響設備があり防音対策もバッチリだ。そして今でもきっと、ここは音楽喫茶だ。

ベートーヴェンのピアノソナタ第八番『悲愴』第二楽章。

この曲が流れる時、彼はメンターとなる。

「そういえば、お母さまはどうだった？　問題なかったかい？」

「特に、問題なかったですけど……」

僕はアダムソンの方を向き、答えた。

「来週末また来たいみたいで。可能なら土日の休みをもらってもいいでしょうか」

アダムソンは「もちろんだよ」と微笑んだ。

「最近よく上京されるんだね」

「そうですね……父が亡くなってもうすぐ一年になるので、寂しくなってきたのかもしれません」

アダムソンが目を細めた。

「もうそんなに経（た）つんだね」

そういえば、アダムソンと出会ったのは、父が亡くなった直後だった。その頃の僕は前職を辞めたばかりで、たまの日雇いで食いつないでいた。父が亡くなり、さすがに定職につかなければと思っていた僕にとって、アダムソンから助手にならないかと持ち掛けられたときは、大変ありがたいと思った。当時はまさか、こんな変な人だとは思っていなかったし。

「ということは、私たちも出会って一年だね。お祝いしなければ……」

アダムソンが感慨深げにつぶやいた。

「ね、ワタソン君」

アダムソンの爽やかな笑顔に、僕は無言で作り笑いを返した。

翌週末は予定通り休みをもらい、母と会った。連休明けの月曜日、アダムソンはいつもより物静かな気がした。その日は暇だったので、僕は事務所の掃除をしていた。アダムソンはいつも通りソファに横になっていたが、いつのまにか僕の傍(そば)にやってきて、突如言った。

「私に、何か話すことはないかい？」

僕は驚いた。しかし「特にないです」とはぐらかした。

「本当に？」

頭の中で、走馬灯のように昨日の母の姿が駆け巡り、僕は口を開こうとした。

が、喉から出かけた言葉を飲み込んだ。

「特に何も」

アダムソンはひと時僕を見つめたのち、少し寂しそうに微笑んだ。

「何も、問題はない？」

僕はアダムソンから少し目を逸(そ)らした。

「問題は……ないです」

アダムソンは「そうかい」と、また少し寂しそうに微笑んだ。

やはりアダムソンは僕の変化に気づいていたんだ。だてにメンターを名乗っているわけではないのだな、と妙に感心したりした。

すると突然、アダムソンが「むっ！」と声を発し、素早くソファの上の毛布を畳んだ。僕も急いで音響スイッチを押した。いつものあの曲が流れ始めた。僕は玄関を注視した。

靴音が聞こえた。その靴音は五秒ほどで止(や)んだ。どうやら玄関前で立ち止まっているようだ。

「迎えに行きますか？」

僕の問いに、アダムソンは人差し指を唇に当てるポーズで返した。

僕は息をひそめた。いつも『お客』の背中を見ながらそうしているように。

アダムソンは黙ったまま、僕に毛布を片付けるようジェスチャーで示した。

僕は言われた通り、音を立てないように、けれど急いで毛布を片付けた。

その間、靴音は一切聞こえなかった。それはすなわち『お客』はまだ玄関前にいるということだ。僕はそこで佇む誰かの姿を密かに想像した。いったいどんな表情で、あの古い扉を見つめているのだろうかと。

アダムソンは定位置についていた。貫禄のあるアンティークの安楽椅子。そこにゆったりと腰かけ長い足を組んで待つ。

僕も彼に倣って定位置についた。『お客』の顔が見えない、少し離れた斜め後ろに置かれた椅子。

それから何分経っただろう。二巡目の『悲愴』が流れ始めた。

まるでそれを合図とするかのように、ゆっくり、ゆっくり、まるで音を立てたくないかのように、玄関の扉は開いた。

月曜の午後。本来なら、高校へ通っている時間帯だ。

少年は、前回見たときよりも猫背になっているような気がした。

「やっぱ、わからなくて。どうして死んだら駄目なのか」

死んだらダメな理由。それは、人を殺してはダメな理由を説明する以上に、難しい。なぜなら、基本的に彼の命は彼自身のものだからだ。

「あの……」

いけないとわかっていながらも、口を挟まずにはいられなかった。アダムソンの助手としてこの椅子に座るようになってから、僕はアダムソンに求められない限り、できる限り気配を殺し、自ら発言することはほとんどなかった。

アダムソンは僕を見て、優しく微笑んだ。僕は言葉をつづけた。

「どうして、きみはそもそも自殺したいって思うようになったのかな……」

少年は少しだけ僕の方を向いて、だけど僕とは視線を合わせないように俯いたまま言った。

「大人はみんな辛い辛いって言うじゃないですか。俺なんて今でも十分辛いのに、大人になったらさらに辛いなんて、もう本当に無理だなって。希望の光が見えなくて」

質問をしたくせに、僕は咄嗟にかける言葉を見つけることができなかった。

「大人になればさらに辛いかどうかは、その人の歩む人生によりけりでしょう」

口を開いたのは、やっぱりアダムソンだった。

「ずっと辛いわけでもなければ、ずっと楽しいわけでもない。実際にはそういう人がほとんどです。けれど、一つ確かなことは、大人になれば、あなたは今よりもっと自由になれる。選択肢が増えます。今より良くなる可能性は大いにあります。それに賭けるのも一つの手だと思います」

少年の背中は曲がって、視線は床を向いたままだった。

「けれど、これはもしあなたが将来を悲観しているだけなら、の話です。将来ではなく、現在の辛さから逃れるための術（すべ）ではありません。確かに、今の辛さから逃れるには死がてっとり早い」

少年が初めて顔を上げた。その表情はここからはうかがい知れなかった。

「わかっていても、私はあなたに意味のない説法のようなことを説きます。なぜなら、あなたはここへ来てくれた」

アダムソンは真っすぐに少年を見つめた。

「間に合わないときは、どうしたって間に合わないんだ。けれど、あなたは自分の意志で、ここへ来てくれた。勇気を持ち、そのあなたの手で、あの扉を開けてくれた」

そうだ、この少年は扉の前で十分迷い、それでもここへ来ることを選んだ。

「ありがとうございます」

アダムソンは柔らかく微笑んだ。

「あなたは、私にチャンスをくれたのです」

「……チャンス?」

少年が、ようやく重い口を開いた。

「私が、あなたを救うチャンスです」

「どうして、俺を救いたいんですか? 自己満足ですか?」

少年の言葉は鋭く研ぎ澄まされているようだった。

「その通りです」

アダムソンは余裕の笑みで答えた。

「考えてみてください。人の命を救うなんて、それはもう大したことですよ。だって、私があなたの命を救ったのですよ? 私は一生、あなたに恩を売り続けられるし、ハタチになったあなたと酒を酌み交わす際にはこの日の話を何度も繰り返し、あなたの肩を叩いて『今きみがビールを飲めているのは私のおかげなんだよ』と、最高にうまい酒を飲める権利を得るのです。想像しただけで良い気分ですよ」

「なんか、想像したらちょっと嫌なんすけど……」

少年は本当に嫌そうな声をだした。

その後、部屋は静寂に包まれた。正確には、ピアノの音だけが流れていた。

「え、終わり？」

「終わり、とは？」

沈黙を破ったのは少年だった。

「いや、なんかもっとメンターっぽいこと言ってくれるの、想像してたんすけど……」

少年はなんとも腑に落ちない声で言った。

「なるほど！　それは私の得意分野です。いいでしょう、言いましょう」

アダムソンは前のめりになると、目を輝かせた。

「いいですか、人は誰もみな、自分が見えているものだけが世界の全てだと思うのです。ガラスケースで囲まれている、自分の周囲だけが世界だと思うのです」

おお、確かにメンターっぽい。

「世界はもっと広いってやつですか？」

「いいえ。世界は狭いです。どうやったって、私たちはせいぜい半径二メートルくらいしかないガラスケースの中からは出られないのですから。ガラスケースを破るのではなく、ガラスケースの中に入ったまま移動しているのですから。そう、ヤドカリのようにね。だから世界の端っこへ行ったたって世界を見渡せるわけじゃない。世界の端っこの、自分の周りせいぜい半径二メートルほどのことがわかるだけです」

突然、複雑すぎやしないだろうか。僕は少々心配になった。

「世界というものは、もともと概念でしかないのですよ。あなたが閉じ込められているガラスケースもきっと半径二メートルほどです。それを背負ってさらに、もう少し大きい、学校という名のガラスケースの中へと毎日入っていく。大人になるとそれが職場というケースになるでしょう。ひょっとすると学校よりよほど窮屈なケースの中に閉じ込められるかもしれません」

「どう転んだって絶望しかないじゃん」

確かに。その通りだ。

「そうです。人生に希望があるなんて思ってはいけません。人生で出会う大抵のものは希望ではなく失望です。そして、時になんと絶望なんてものにも出会う。

今のあなたが出会ってしまったものが、それです。だから死にたいと思うのでしょう」

「出会ったらどうすればいいの」

少年がもっともな質問をした。

アダムソンは「さあ、どうしましょうか」と、まるで他人事(ひとごと)のように言い放った。

「それを教えてくれるのがメンターじゃないの？」

少年の声に不服が混じった。そりゃそうだろう。彼にとったら期待外れもいいとこだ。アダムソンは人差し指を立て、顔の前でチッチッと左右に振ってみせた。

「メンターを買いかぶってはいけません。絶望を回避する方法を教えられる人は、もはや人ではなく神と呼ばれます。メンターは神ではありません」

「じゃあ、あなたは何をしてくれるの」

さっきから少年はもっともな質問しかしていない。アダムソンは余裕の笑みのまま少年に語り掛けた。

「さっきからしている通り、くだらない説法もどきを説いてみたり、メンターっぽいと思われるようなことをさもそれっぽく語ってみたり、あなたを助けたような気になって自己満足に浸ったり、あなたを救えなかったなどと自分を買いかぶって落ち込んだりします。要するに、普通の人がたまに相談を受けた時にするようなことを、毎日しています。ちなみにメンターとは僕が勝手に名乗っているだけで、僕は資格をもったカウンセラーですらないのですよ」

「そうなんすか」

少年は何かを悟り、諦めたような声を出した。

「さぞや、がっかりされたことでしょう」

いや本当に。僕もそう思う。しかし少年は意外にも、小さく首を振った。

「いや……別に。資格があるからえらいってわけじゃないだろうし」

「いえいえ、資格があればえらいですよ。少なくとも資格を取れるだけの知識があり、そのための勉学に励み、貴重な時間を費やした証拠でもありますから。とてもえらいです」

じゃあ、どうして取らなかったんだろう。

「じゃあ、どうして取らなかったんですか？」

僕と少年の気持ちがシンクロした。

アダムソンは「痛いところを突きますね」と苦笑いを浮かべた。

「私は勉強が嫌いだからですね」

え、そんな理由？

「え、そんな理由？」

またもや、少年と気持ちが通い合った。なんだか仲良くなれそうな気がする。

「そんな理由ですよ」

「向上心とか……そういうのは……」

少年はおずおずと尋ねた。

「向上心……、そうですね。あればきっと、今ごろはもう少しましな人生を送っていたのかもしれませんね……」

アダムソンはなぜか見るからに落ち込んだ。

「あ、別にそういう意味で言ったわけじゃ……」

少年の方が気を遣い始めた。

「いえ、いいんですよ。本当のことですから……。向上心……」

「なんか、地雷踏んだっぽくて、すみません」

「いえ。やはり若者の言葉は真っすぐだなあと、少々まぶしく思っておりました」

「変なこと聞いていいっすか？」

「どうぞ、大歓迎です」

少年は少し背筋を伸ばした。

「どうして生きていけるの？」

「あ、いや、それはさすがにちょっと……」

僕は思わず声を出した。少年は構わず続けた。

「だって、人生には希望がないって言って、向上心もないって言って、もっとましな人生がよかったって思って、どうやって生きていけるんですか？」

ダメだ。僕は若者の純粋さをなめていた。これはさすがに真っすぐすぎる。

しかしアダムソンは意に介する様子もなく、穏やかに続けた。

「まず、私は人生に希望がないとは思いません。ただ、失望に出会う回数のほうが多いかもしれない、というだけです。いや、これはただ単に私の人生が失望に満ちていただけで、陽キャで漫画の主人公的な人生を送っている人は、もっと希望に満ち溢れた人生を送っているのかもしれませんね……。どうしましょう、余計なことに気づいてしまった。どうしましょう、ワタソン君。私の人生ってけっこうヤバいんですかね」

突然呼びかけられ、虚を突かれた僕は「それは、僕には何とも……」と言葉を濁すのが精いっぱいだった。

「ね、冷たいでしょう？」

アダムソンは少年に語りかけた。

「これでも一応私の助手、すなわち相棒ですよ？　仕事上の関係なんてこんなものです。未来に多くを望んではいけませんよ。過度な期待は禁物です。ここにだっていつも、上司に騙(だま)されたとか同期の足を引っ張りたいとか言う人がわんさかくるのです。それはもう毎日のように闇を抱えた大人たちが……」

僕は居たたまれない気持ちになった。

「アダムソンさん……、もうそのくらいで……」

「そうそう、質問に答えましょう。私がこの暗い人生……暗いってあんまりだよ、ワタソンくん」

「僕は何も言ってません」

これは本当に言っていない。

「心の声が聞こえたんだ」

少年が思わず、といった感じで「ヤバいっすね」と言い放った。

「純粋な高校生にヤバいって言われたよ、ワタソン君」

アダムソンは恨めしそうに僕を見た。

「あ、すんません。つい」

少年は頭を掻いた。悪気がないとは恐ろしい。

「いいんですよ。高校生はそのくらいストレートで。これから社会に出るといやというほどの心にもないセリフを吐く日々が待ち受けているのですから……」

アダムソンの周りに鬱々とした空気が増した。

「あの……さっきから全然、希望が見えないっすね」

少年は完全に困惑していた。

「アダムソンさん、一応、彼は希望を見出すためにここへ来られたのだと思うので……」

アダムソンは「え、そうなの？」と少年を見た。

「え、いや、まあ……流れで来ただけなんで……」

「流れで来ただけだって。見当違いだよ、ワタソン君」

さっきから何と言うか。なんだろう、これは。

「これ、全然話すすんでないですけど、大丈夫ですか？」

「そうだね、そろそろ話を前に進めよう。飽きられてしまうね」

アダムソンはコホンを咳払いをし、悠然と足を組んだ。

「要するに、人生は二択なんです。生きるか、死ぬか。でもこの前さんざん話したように、死ぬのは本当に面倒くさいんです。だったらわざわざ面倒くさいことをしなくてもいいかな、なんて……」

ダメだ、全然キマッていない。

「要するに、死ぬのが面倒くさいから生きているってことですか？」

少年が雑に要約した。

「少なくとも私にとっては、死ぬより生きているほうが楽ということなのでしょうね、きっと」

アダムソンはさも名言かのように、キメ顔を作り得意げに言った。名言でもなんでもないと思うのだが。

「ほかの人に迷惑かけてもいいやって思ったら、死んじゃうのかな……」

少年の意見は、残念ながら初回の第一声頃にまで戻ってしまった。

「まあ、死ぬ瞬間は他人のことなんて考えられませんよ」

アダムソンは今までのやり取りを全て打ち消すようなことを言い放った。

一体僕らは今まで何のために……。さすがに脱力した視線をアダムソンに送った。

アダムソンはそんな僕の視線に気づいていないのか、気づいて無視しているのか、飄々と続けた。

「考える余力がある人は、死にません。だから『迷惑をかけずに死ぬ』なんてことを考えている時点で、あなたはまだ死にませんよ」

少年から肩の力が抜けた、ように見えた。

「俺、まだ本気で死にたいわけじゃないのか……」

少年の言葉に、アダムソンはニヤリと笑った。

「そうですね。ま、私は一目見た時から気づいていましたけどね」

「ここでドヤ顔する大人もどうかと思いますよ」

僕の声を無視し、アダムソンは続けた。

「だから、私はあなたがここへ来てくれて嬉しかったと言ったでしょう？　ここへ来るということは、あなたはまだ死なないってことですから」

アダムソンはもう僕をいないものとして話していた。ノッている証拠だ。

「本当に死にたい人はね、誰にも気づかれない。誰にも悟られずに死を選ぶのです。だから、止められない。止められなくて当然なんですよ。それは誰の責任でもない」

アダムソンはそう言って、一呼吸置いた。

「私は、いつもそうやって自分を慰めています」

その表情にハッとした。アダムソンの目は微笑んでいたが、中に宿る光は真剣そのものだった。

「ですが、できることならやはり止めたい。自分に何かできるのなら。その何かとは何なのか。それを問うことこそが、きっと私が生きている目的なのでしょう」

アダムソンが生きる意味。その答えは、今この場にこそあった。

「今日はこのへんにしておきましょう。私はいつも最後に三つのアドバイスをするのですが、あなたにも同じようにしてよろしいでしょうか」

少年は、素直に「はい」と頷いた。

「では、本日のアドバイスです」

アダムソンはいつものように人差し指を立てた。

「一つ、面倒くさいことをやめてみる。二つ、面倒くさいことから離れてみる。

三つ、考えるな、感じろ」

「最後だけなんか、急に根性論みたいな……」

少年の意見に、アダムソンは人差し指を小さく振った。

「根性論とは真逆ですよ。心を鍛えるのではなく、自分の心に寄り添うということです。嫌なことをどうにかしようと考えるから疲れるのです。嫌だと思ったことはどうしたって嫌なんですから、嫌じゃないことだけを選んでいけばいい。話したくない人とは話さなくていい。そもそも口を開きたくない気分の時には、ずっと黙っていればいい。もし力に訴えてこられたら、叫ぶのです。『ひとごろしー！』って。人が集まるまで叫び続けるのです。校内なら確実に教師が現れるでしょう」

「ヤバいやつじゃないっすか」

少年は呆（あき）れたように言った。

「ヤバいやつだと思われて、何か問題でも？」

アダムソンは穏やかに微笑んだ。

「私は今日さんざんあなたにヤバいと言われましたが……特に問題はないのです……。そう、ただの正直な高校生の言葉……それに意味など……」

微笑みのまま切なそうに言われると妙な圧力がある。少年は「あ、すいません、ほんと」とすぐに謝った。

「それに、人はそれほど愚か者ばかりではありません。どちらが〝本当にヤバいやつ〟なのかくらい、見分けがつく人だっているものですよ」

「そうっすか……」

「面倒くさいことをやめてみれば、案外生きることは面倒くさくなくなるかもしれません」

お、今度はわりと名言っぽいことを言った。

「私は、そうやって惰性で生きています」

一言多いんだよなあ。

「色んな生き方があるんすね……」

少年は素直に感心している。

「そう、向上心がなくたって、問題ありません。向上心……なんて……」

「あ、なんかすいません。心の傷が、なんか……」

どちらが大人なのかわからなくなってきた。

「面倒なことをやめてみたら、次は楽しいことでも探しましょう。私には今日ひとつ楽しみが増えました」

「なんすか？」

「あなたが二十歳になったら、あなたと酒を飲む」

少年は、黙った。先ほどの会話を思い出しているのだろう。

「や、想像したらやっぱちょっと嫌なんすけど……」

だろうね。

「私は最高の気分です」

アダムソンは得意満面に言った。

「変な人っすね」

少年は呆れたように苦笑いを浮かべた。

「褒め言葉と受け取っておきましょう」

「ハタチになる前でも……また来てもいっすか？」

おずおずと言った少年の言葉に、アダムソンは柔らかく微笑んだ。

「もちろん。あなたのためにいつでもドアは開いています」

「あ、一応言っておきますけど、実際の鍵は閉まってますし、アダムソンさんめっちゃ寝るんで、事前にご連絡いただいたほうが確実かと……」

「ワタソン君。そういうところだよ」

「わかりました。じゃあ、なるべく来る前に連絡します」

薄く笑って、少年は去った。

「高校生かあ……辛い時期だね……」

扉の外まで少年を見送り、戻ってきたアダムソンは安楽椅子に深く腰かけた。

「輝かしい時期ではなくてですか？」

僕はいつものようにカモミールティーを淹れた。

「きみは輝かしい高校時代を過ごしたのかい？」

アダムソンは大きく香りを吸い込みながら「ありがとう」とティーカップを受け取った。

「いえ、それほどでは。陰キャでしたし……」

「そうだろう、そうだろう」

「その相槌もどうかと思いますよ……」

カモミールには気持ちを落ち着かせる効果があるという。それならいつも『お客』に出せばいいのだが、アダムソンはお客にはメニュー表を渡し、そこから選ばせる。メニュー表はすぐには出さず、それを出すタイミングはいつもアダムソンが決める。

「アダムソンさんは……」

「なんだね、ワタソンくん」

「アダムソンさんは、どんな高校生だったんですか？」

僕はあまり得意ではないカモミールティーに口をつけながら尋ねた。

「おや？　おやおや？」

アダムソンが瞳を輝かせて僕を見た。腹の立つ顔をしている。

「ついに私の過去に興味が湧いてしまったのかい？」

「いえ、やっぱいいです」

僕は冷然とした空気を醸し出し、自分のティーカップだけをシンクに運んだ。

「いいんだよ、なんでも聞いておくれ。人に興味を持つ。それすなわち、その人に好意がある。古来より受け継がれる基本的な方程式だね」

「いや、ないです」

僕は無表情でカップを少年の分と二つ洗った。

「照れなくてもいいんだよ。私はね、ワタソン君。この美貌と人徳でそれはそれは輝かしい高校時代を……」

　本当にまったくもって、一ミリたりとも興味が湧かなかった。

「あ、ではそろそろ失礼しますね。五時なので」

　蛇口をキュッときつめに閉め、僕は特に物が入っていないリュックを背負った。

「おや、もうそんな時間かい？」

「今日は長丁場でしたからね」

「そうだね。今日の日を『青春の輝き記念日』とでも名づけようか」

　そんな「うまいこと言った」みたいなドヤ顔で見られても。

「では、お疲れ様でした」

　特に反応しないことに決めた。

「そんなクールなきみも素敵だよ、ワタソン君」

　苦笑いでかわし、扉を開こうとしたその時、アダムソンは突然こう言った。

「何か、私に言うことはないのかい？」

　僕は一瞬、喉が詰まった。

「いえ、特に何も」

　アダムソンはひと時僕を見つめたのち、少し寂しそうに微笑んだ。

「何も、問題はない？」

僕はアダムソンから少し目を逸らした。

「問題は……ないです」

アダムソンは「そうかい」と、また少し寂しそうに微笑んだ。

File2

足を引っ張りたい女

シンと張り詰めた空気の部屋に流れる、ベートーヴェン・ピアノソナタ第八番『悲愴』第二楽章。

『お客』は、まだ口を開かずにいた。僕はお客の邪魔にならないようキッチンで息を潜めていた。なぜかというと掃除道具を片付けようと身をかがめている途中でお客が来てしまったからだ。まるでかくれんぼをしている気分だった。

アダムソンはいつもの安楽椅子に悠然と腰掛け、長い足を組み、背もたれに身を任せていた。その手前には、ゆるくウェーブのかかったこげ茶の髪を、肩上すれすれで揺らしている女性の頭が見えた。

「ここでは……なんでも話していいのでしょうか」

彼女はようやく重い口を開いた。

「もちろんです。そのために私はいます」

アダムソンがとびきり優しく微笑んだ。

「……色んな曲を聴いたんです」

彼女の声は、深く、深く沈んでいた。

「休みの日には時間を使って映画も観ました。何か、自分に響くものがあるかもしれないと思って」

キッチンからこっそり覗き見ていた僕は、お客の邪魔をしないよう、そーっといつもの「助手席」に座った。彼女は二十代半ばだろうか。僕より少しだけ年上に見える。

「でも、映画の主人公って最後には報われるじゃないですか。そもそも女優さんなんてみんな美人だし。なんだか観れば観るほどに虚しくなって」

彼女は「はあっ」と、少々大袈裟にも思える溜息をついた。

アダムソンはただ黙って彼女の声に耳を傾けていた。

「あの子、佐野唯香にすごく似てるんですよね。初めて見た時はびっくりしました」

突然出てきた『あの子』という言葉。例えられたのは、なりたい顔ランキング上位常連の人気女優だった。

「そりゃあ、毎朝鏡をみてあの顔があったらやる気もでますよ」

僕は思わずうんうんと頷いた。常日頃からアダムソンに対して同じことを思っていた。僕がもしあの顔面を所有していたなら、きっと毎朝とても爽やかな気持ちでさっと目覚めるだろう。

「あの子はそもそも周囲の男性社員からのサポートもすごく手厚くて。一人だけずるいよねって、みんな言ってました」

雲行きが怪しくなってきた。こういう時にでる〝みんな〟を紐解いていくと、まさかの二百人中三人という結果がでたりするから恐ろしいものだ。その場に居合わせた二、三人が話を合わせていただけのことでも当人にしてみると立派な〝みんな〟の意見となる場合もあるのだ。

「その時点でハンデがあるようなものなのに、そんな状態でもわたしは売上で勝っている月もあったんです。女子社員ではトップ争いをしていました。良いライバルみたいな関係だと周りからも言われて、わたしもそう思っていました」

彼女の言葉は徐々にヒートアップしていた。

「正直、色々と思うところはありましたよ。こっちは必死で頑張っているのに、あの子は飄々と仕事をしていて、あまり頑張っているようには見えなかったし。それでもわたしは社会人としてちゃんと仲良くしていました」

そこまで一気に話すと、彼女は大きく肩を落とした。

「それが変わったのは、二週間前のことです」

声色がスッと沈んだ。

「一緒にランチをしている時、突然あの子が言ったんです。『わたし、来年結婚して仕事を辞めることになると思うの。あなただけには先に話しておこうと思って』って。ニコニコしながら、何の前置きもなく、突然ですよ」

彼女は身を乗り出し訴えた。

「それは悪いことではないですよ。でもね、わたしたちその前週にお互いに仕事を頑張ろうって励まし合ったばっかりだったんです。あの時話したことは何だったのかって。仕事の悩みだって打ち明けたのに。しかもわたしは彼女に恋人がいることも聞かされていなくて。わたしはあの子に『彼氏もほしいけど、今は仕事が大事だしね』なんて話もしていたんですよ。その時には何も言わずに」

彼女の眉間に深い皺が刻まれた。

「ひょっとしたら、ずっと馬鹿にされていたのではないかと思い始めました」

彼女に握られていた膝上のハンカチは、さらに力を加えられ苦しそうに縮まった。

「その場ではちゃんと『おめでとう』って言ったんです。でも考えるとモヤモヤしてきて。それを見せちゃいけないと思って『彼はどんな人なの？　いつ出会ったの？』とか色々と尋ねてみたのに、はぐらかすばかりで」

彼女は「ひょっとしたら」と声を潜めた。

「公言できないような凄い人とか、有名人なんじゃないかと……」

まあ、ないとは言い切れないが、僕には飛躍した妄想に聞こえた。

「それでつい、皮肉交じりに『随分と急な話だったんだね』って言っちゃったんです。そしたらあの子、余裕の笑みを浮かべて『ずっと前から決めていたことだから』って言うんです。『二十六歳になったら結婚するって決めていたから、計画通りなのよ』って。〝計画通りにできちゃうわたしってすごいでしょ〟って顔で。その時、あの子は確実にわたしのことを下にみていると確信しました」

この長い時間、アダムソンは身じろぎ一つせず真剣な表情で、彼女の話に耳を傾けていた。

「一度そう思ってしまうと、その後もそう思えることがどんどん増えてきて……。そんなある日のことでした」

少々物語じみた口調で、彼女はまるで怪談でも話すかのように続けた。

「新店舗ができることが決まったんです。しかも、そこであの子は、店長の補佐役である店舗リーダーを任せられるという内示が耳に入ってきて。店長は本社での業務も多くて、実質リーダーが店舗での責任者のようなものなんです。だからわたしは彼女に意見しました。『新店舗のリーダーになったその年に突然辞めるなんて、ちょっと無責任じゃない？』って。そしたらあの子『続けられそうなら子供ができるまでは続けるかも。あまりに激務になったら辞めるけど、やってみないとわからない』なんて、いけしゃあしゃあと。そのうえ『もしわたしが辞めたら、後任にあなたを推薦してあげるから』って笑顔で言ったんですよ」

彼女の声が怒気を含んだ。膝上のハンカチは細かく震えていた。

「だからわたし『リーダーを引き受けるならせめて三年くらいは続けたら？』って言ったんです。一社会人としては当然の責任だと思ったから。そしたらあの子は『自分の人生なのに、どうして人に指図されなきゃならないの？』って言い放ったんです。それだけじゃないんです。さらに『あなたも、人に気を遣ってばかりいたら自分の幸せを逃がしちゃうよ』って。笑いながらですよ……！　大きなお世話！」

彼女は「はあー」と大きく息を吸った。それに連動して、彼女の細い肩が大きく動いた。

「わたし……早く知らせなきゃと思って……。直属の上司に相談したんです。そうしたら、上司は一度彼女に話を聞いてみるって。でも喜んだのも束の間、結果『彼女にもいろいろと事情があるんだろう』と言われただけでした。それどころか『他人のプライベートな事柄はあまり他言しないほうがいい』と釘を刺されてしまったんです」

彼女の声が少し震えた。

「その後、あの子からはまるで裏切り者のような扱いをされて」

声に涙が滲んで聞こえた。

「わたしは言いふらしたわけじゃありません……！　仕事に支障がでるかもしれないと危惧したから、会社のためを思って信頼できる上司にだけ相談したんです。それなのに……、上司にも、まるでわたしが僻みで告げ口したように思われたんじゃないかって……」

アダムソンはまだ何も言わなかった。そんな彼にしびれを切らしたように、彼女は詰め寄った。

「わたし、間違ってるんですか？　社会人としては当然の行動じゃありませんか？　あの子のほうがよっぽど責任感がないと思いませんか？」

アダムソンは静かにゆっくりと、組んでいた足を下ろした。

「私の意見を申し上げる前に、まずは、あなたのお名前を教えていただけますか？　本名でなくても、ニックネームでもかまいません。私はアダムソンと申します」

彼女がハッと我に返ったのが、後ろからでもわかった。

「晴香（はるか）です。晴れに香ると書きます。本名です」

少々気恥ずかしそうに彼女は名乗った。

「晴香さん。とてもいいお名前ですね」

アダムソンがニコリと微笑んだ。

「さて、晴香さん。まずは、ご自身の本音を見つめてみませんか？」

彼女の返答を待たず、アダムソンは続けた。

「もし違っていたら大変申し訳ないです。ただ、あなたの言葉の端々からは、彼女に対して『羨ましい』という感情が滲みでているような気がします」

「……ッ、そうじゃありません!!」

彼女は一瞬息を呑（の）んだ後、叫んだ。きっとアダムソンを睨（にら）み付けているだろう。

アダムソンはそんな彼女を穏やかに見つめていた。かと思うと、急にポンと手を打った。

「そうそう、すっかり忘れていました。ここではお茶をお出ししているのです。ワタソン君、メニューを」

「はい」

スッと立ち上がった僕のほうを、彼女は驚いた顔で振り返った。

たくさんの種類が書かれたドリンクメニューを彼女に差し出すと、彼女は握りしめていたハンカチから手を離し、小刻みに震える手でそれを受け取った。

「たくさんありますので、どうぞゆっくり選んでください」

「私は、今日はそうだな……ハーブティーにでもしようかな」

アダムソンがもったいつけるような話し方で僕を見た。

「なんのハーブにいたしましょうか」

「確か、今日はいいカモミールがあったでしょう?」

今日はって何だ。そんな寿司(すし)屋のカウンターみたいな言い方をされても。

「はい。上等のカモミールがありますよ」

とりあえず話を合わせたが、これは嘘(うそ)ではない。アダムソンの選ぶ茶葉や珈琲(コーヒー)豆は、どれも彼みずからが厳選した、上質でとても美味(おい)しいものだ。

「晴香さんは、ハーブティーはお嫌いですか?」

アダムソンがニコリと尋ねた。

「いえ……じゃあせっかくなので、わたしも同じものを」

そう言って彼女は僕にメニューを返した。その手元はもう震えていなかった。

「女性はハーブがお好きな方が多いですよね。実は、僕は苦手ですが」

僕はにっこり笑った。

「ワタソン君、きみのそういうところだよ」

アダムソンの声に呼応するように、彼女は「ワタソンさんっておっしゃるんですね」と少し微笑んだ。

「はい、彼は助手のワタソンです。以後、お見知りおきを」

ようやく遅い紹介をしたアダムソンに、彼女は「名探偵の助手みたい」と穏やかな口調で返した。僕がお茶の準備をしている間、アダムソンと彼女は他愛もない雑談を繰り広げていた。

「ちなみに、その彼女の写真などはございますか？」

ハーブティーのカップを傾け、ふいにアダムソンが言った。

「ありますけど……？」

彼女が不思議そうに答えた。

「もしよろしければ、見せてくださいませんか？　プライバシーの観点からもSNS上などで公開しているものが好ましいですね」

「じゃあ、インスタを。これが彼女のページです」

彼女が差し出したスマホを、アダムソンは「少しだけ失礼します」と受け取った。

「ほうほう、これは。なるほど、お美しいですね」

アダムソンはスマホを指で操作しながら声にだした。穏やかだった彼女の表情がまた曇り始めた。眉間には、隠しきれない皺が刻まれている。

どうしてこんな寝た子を起こすようなことをしたんだろう。疑問に思った。

「少し、私からお話ししたいことがあります」

アダムソンの言葉に、彼女はグッと身構えた。

「まず、あなたの中にある『彼女が美人でちやほやされている＝彼女自身が努力をしていない』という図式。それは、一旦忘れましょう。なぜならそれは事実とは違う可能性があります。たとえば、この美しい私ですら、実は酷い癖毛のうえ猫毛でして。すぐに髪がパサついてしまうのです。今のトリートメントに出会うまで一体いくつのメーカーを渡り歩いたかわかりません。これも私にとっては一つの努力。美を保つための努力です」

あれ、今この人「この美しい私ですら」とか言ったかな。気のせいかな。気のせいだといいな。

「そして、顔の造形はある程度持って生まれたものですが、いわゆる造形美が美しいと言われる人だけがモテるかというと、実はそうでもありません。美しさは大抵、その人の表情、しぐさ、姿勢、話し言葉、そしてリアクションを含めた性格、さらにはメイクや服装などの小物といった複合的な要素から成り立っています。写真を見る限り、この方は髪の艶から爪の先まで美しく、清潔感があり、彼女にとても似合う服装やヘアメイクをしておられるように思います。この上立ち居振る舞いが美しいのだとすれば、その美しさはもう顔の造形だけでなくご本人の努力による賜物（たまもの）です」

彼女の表情が明らかに暗くなった。

「逆をいえば、たとえ自分の生まれ持った造形美が自分好みでなかったとしても、それらを気にかけることによって自らの理想とする美に近づくことは、大いに可能であるということです。これは誓って言えますが、自らの造形にコンプレックスがない人など、私の知りうる限りいません。この私ですら、癖毛というコンプレックスがあるのです。そして美の観点は本当に人それぞれなのです。きりっとしたシャープな目元を好む人もいれば、まん丸の可愛らしい目元を好む人もいるように」

アダムソンの意図は、まだ僕には読み取れなかった。

「また、彼女の言う『二十六歳で結婚する』という人生目標も、とても具体的でわかりやすいですし、実現するためにきっとそれに向かって努力もされてきたことでしょう。売上が上位とのことを鑑みても、きっと彼女は賢いのでしょう。とても努力家な上、結果を残すことができる優秀な人材であるということです。そしてほかの社員からのサポートを受けられるということは、人当たりも良いはずです。新店舗のリーダーに抜擢(ばってき)されるのも頷けます。きっと私が人事だとしても彼女を選ぶでしょう」

彼女の表情は、真夏に水やりを忘れられた花のようにみるみるしぼんだ。

「そして、あなたの話から読み取れたのは、彼女は、あなたが思っている以上にあなたを認めていて、おそらく好いているということ」

「え?」と、彼女は顔を上げた。

「後任にあなたを推薦してあげると言ったのも、あなたの実力を認めているという証拠です。恩着せがましく聞こえたかもしれませんが、彼女が言いたかったことは、その言葉の意味の通り、それ以上でも以下でもないのでしょう」

彼女は茫然とアダムソンを見ていた。

「そして何より、あなただけに結婚のことや人生計画までも話してくれたのは、悩みを打ち明けてくれたあなたに対する信頼の証ではないでしょうか。そう考えれば、その信頼を裏切られた彼女があなたに失望するのは、しごく当然のように感じます」

彼女は再び可哀そうなくらい意気消沈した。僕は何か彼女の気持ちを慰めるような言葉を言ってあげたかったが、正解がわかりかね、やきもきしながら手をこまねいているしかなかった。

「そして今日の話から想像するに、あなたは、その賢い彼女と売上を競えるくらい仕事ができ、彼女からも信頼を得て慕われている。その素敵な彼女と同じくらい素敵な人に思えます。一体、何の問題があるのか、わからないくらいに」

僕はハッとした。彼女もきっと同じだろう。

「クラシックはお好きですか？」

突如、アダムソンが言った。

彼女は怪訝そうな顔になり、少し間を置いた後「あまり聞きません」と答えた。

「先ほどから流れているこの曲は、ベートーヴェン作曲『悲愴』の第二楽章です」

彼女は改めてそのバックミュージックに耳を傾けた。

「有名な曲ですよね。聞いたことはありますけど、タイトルまでは知りませんでした」

「クラシックもいいものですよ。気持ちを安らげてくれます。ポップスや映画に加えてオーケストラやクラシックピアノも、ぜひお試しください」

アダムソンはニコリと微笑み、彼女は怪訝な表情のまま「はい……」と呟いた。

「諸説ありますが、この曲はベートーベン自身が難聴を自覚した一七九八年に作曲されたと言われています。自ら表題を考えた数少ない楽曲のひとつだとも。音楽に言葉通り人生を捧げた彼が自身の難聴に気づいた時、彼の中では何が起こったのか。彼の心にどんな変化が起きたのか、それは誰にもわかりません。ただ、彼が曲を作ったことだけは事実として残されています。それがこの美しい旋律なのです」

彼女は口をつぐんだ。美しいピアノだけが部屋に流れていた。

しばらくして、彼女は寂しそうに呟いた。

「それに比べれば、わたしはちっぽけな人間ですね」

アダムソンは驚くほど優しい笑みを彼女に向けた。

「不思議なもので、同じ話をしてもとらえかたは百八十度異なるのです。この話を悲しく美しいと捉える方、自分も頑張ろうと奮起する方、そして、あまりにも美しすぎるこの物語を皮肉だととらえる方」

「最後はわたしのことね」

彼女は自嘲気味に笑った。

「まるで『ベートーヴェンに比べたらお前の悩みなんてちっぽけだ。こんなに頑張っているすごい人がいるんだから、お前ももっと頑張れ』って言われているみたい」

そんな彼女を、アダムソンは優しい目で見つめた。

「『運命』という曲をあれほどまでに荒々しく激しく表現したベートーヴェンが、『悲愴』という言葉を語るとこうなるのかと。この曲は、ただ純粋にとても美しい曲だと思いませんか？　これほどまでに穏やかな『悲愴』とは、ベートーヴェンにとって、一体どんな感情だったのでしょうか」

彼女は抑揚のない声で「わかりません」と呟いた。

再び、部屋に静かな時が流れた。ひと時して、アダムソンはおもむろに口を開いた。

「最後に、今日、わたしがあなたの話を聞いて、一番強く感じたことを話してもよいでしょうか」

彼女は「どうぞ」と落ち着いた様子で答えた。

「あなたの美しさや有能さに一番気づいていないのは、あなたの上司でも同僚でもその彼女でもなく、あなた自身です」

アダムソンは真っすぐ彼女を見つめて言った。

「それゆえ、彼女に対し抱かなくてもよいコンプレックスを抱いてしまっている」

彼女の眉は情けなく八の字に下がった。

「わたしは……別に彼女に対してコンプレックスなんてありません」

彼女の声からは、最後の抵抗のようなものを感じた。

「それなら、なぜそんなにも彼女を気にするのでしょう」

彼女は「それは……」と口ごもった。

「あなたみたいな美形にはわからないのよ」

吐き捨てるように言ったセリフに、アダムソンは「おやおや」と微笑みを浮かべた。「美形」と言われてちょっと喜んでるじゃないか。

「あなたは私の言葉を建前だと思っていらっしゃるでしょうが、決してそうではありません。美意識とは驚くほどに千差万別なのです。そして不思議なことに、その人に恋をしてしまえば、造形などもはやどうでもよくなってしまうこともあるのですよ。いいえ、どうでもよくなるというよりは、その人が一番美しいと感じるようになるのでしょうね。その人が、自分の中で最高峰の美の基準となるのですよ」

なんとなく、本当になんとなくだが、アダムソンは具体的に誰かを思い浮かべているのでは、と思った。

「きっと彼女も同じです。〝誰かを愛している〟という彼女の中の美意識が、ひょっとすると一番彼女を輝かせているのかもしれません。彼女にあってあなたにないものを無理矢理見つけるとすれば、きっとそれくらいです」

「恋愛をしろと？」

険のある彼女の声が部屋に響いた。

「恋愛には限りません。ただ、自分を輝かせてくれるくらいに大好きなものを作ればいいのです。その対象がアイドルでも声優でも、映画や音楽などの趣味でもいい。もしそれがあなたにとって仕事だとしたら、それを自分で美しいものだと認めればいい。〝わたしには仕事しかない〟ではなく〝仕事をしているわたしは何よりも美しい〟と。そうすれば引け目どころか、あなたはさらに美しく輝きますよ」

アダムソンは優雅に微笑んだ。

彼女の頬には、ここへ来た時には見られなかった艶のようなものが差してきている気がした。

帰り際、彼女は「言いたいことを言えて少しすっきりしました。また来てもいいでしょうか」と尋ねた。

アダムソンは「もちろんです」と答えた。

次の予約をした彼女は「またよろしくお願いします」と立ち上がり、アダムソンも彼女を見送るために立ち上がった。

「晴香さん。ひとつどうしてもあなたに伝えたいことがあります」

彼女を玄関へといざないながら、アダムソンは言った。

彼女は少し身構えるように背筋を伸ばした。

「晴香というのはやはり素晴らしく良い名前ですね。晴れやかに香る。まるで長い冬を越えて春の訪れを感じた日のような。花が開き、風に揺れ鮮やかに香り始める。そんな晴れやかな日を想像します」

予想外だったのだろう、あっけにとられた表情の彼女がいた。僕は思わず笑った。いかにも彼らしい。キザで歯の浮くようなセリフを、いとも簡単に口にしてしまう。しかもそれが似合ってしまうのが、何とも腹立たしく思う。

彼女は少しはにかみ「ありがとうございました」と部屋を後にした。


しかし、次の予約日を待たず、彼女は再来した。

「あの子、結婚するんですって」

開口一番、彼女は切羽詰まった声で言った。

「しかも来月。それで仕事は続けるって。みんなの前ではっきりそう伝えて、その場で新店舗のリーダーになることも正式に発表されて、みんな彼女のことを祝福していて。でもわたし、どうしても、どうしても祝うことができない……！」

彼女はほとんど叫ぶように言った。

「もうどうしようもないんです……ドロドロしたどす黒い気持ちに飲み込まれそうで。あの子を見ているだけで苦しくって仕方ないんです……」

彼女は両手で顔を覆った。その状態のまま、彼女は続けた。

「昨日、あの子がトイレにスマホを忘れていて。わたし、それを盗んでしまいそうになったの。……どうしてかわからない……それを使って自分が何をしたかったのかも。でも、この中に何か彼女を貶める情報があるんじゃないかって思った……！　彼女の不幸ばかり願ってしまうの。仕事でミスすればいいのに……別ればいいのにって……！　酷いことばかり頭に浮かんで……どうにかなりそうなの！　もうどうすればいいのかわからない……！」

彼女は泣き崩れた。

「ワタソン君」

緊迫感のあるアダムソンの声だった。

「場所を移しましょう」

僕は「はい」と答えた。

アダムソンが僕と彼女をいざなったのは、飛び込み練習用の大学のプールだった。

「今日ここには誰もいません」

アダムソンはそこに堂々と僕らを連れて入った。

「許可とか、取っているんですよね」

僕はおどおどしながらアダムソンに尋ねた。

アダムソンは「ご心配なく」と微笑んだが、心配しかなかった。

「いいですか、今からあなたのしたかったことを実演して見せます」

そう言いながら、アダムソンはプールサイドに立ち、上着を脱いだ。

「何をするんですか？」

僕の心に一抹の不安がよぎった。

「いざ、参らん！」

声高らかにそう宣言すると、アダムソンは綺麗なフォームでプールに頭からザボンと飛び込んだ。

「きゃあ！」

彼女が叫んだ。

混乱したのは僕だった。

「ちょ、ちょっと！　アダムソンさん⁉」

直後、アダムソンが水面に顔を出し、バタバタと暴れ始めた。

「助けて……！　ワタソンくん！」

「ええっ！　ちょ、マジかよ！　泳げないんですか⁉」

アダムソンは服を着たままだ。まずい。

「ワタソ……」

アダムソンが水深五メートルはあるプールの中にブクブクと沈んだ。

「ちょ！　えっ！　なんで飛び込んだんだよ！」

周りを見渡したが、助けを求められるような人は誰もいなかった。

「ああー！　マジかよ、もう！」

僕は急いで上着とシャツを脱ぎ捨てた。

「僕だってそんなに泳ぐの得意じゃないのに……」

プールサイドで三度足踏みをして、意を決してプールに飛び込んだ。

水を吸ったズボンは驚くほど重く、体にまとわりついた。僕は必死にアダムソンへと泳いだ。アダムソンはプールサイドから三分の一ほどの距離まで流されていた。

「アダムソンさん！　摑(つか)まって……！」

「ワタソンくん！」

アダムソンは必死の形相で僕の腕を摑んだ。

「ありがとう……！」

アダムソンは感激した様子で呟いた。

「さあ、早く戻りましょう」

アダムソンが僕の腕をグイッと引いた。

「晴香さん、見ていてください！　私は、今からあなたになる！」

アダムソンは僕の腕を摑んだまま叫んだ。

「は⁉」

意味がわからなかった。

アダムソンが再び水面で暴れ始めた。

彼女はプールサイドでおろおろしながらその様子を見ている。

「ちょ、ちょっと！　大人しくしろよ……！」

アダムソンに腕を引っ張られ、僕は沈みそうになるのを堪えていた。

「見ていてください！　今から私はあなたとなりワタソンくんの足を引っ張ります！」

あっという間もなく、アダムソンはドボンと音を立て深いプールの中に潜った。

「はあ⁉　ちょ、泳げるの⁉　え、泳げるんですか⁉」

次の瞬間、水中から足を引っ張られた。

「……ッ⁉」

僕は声にならない声をあげ、ゴボボボと音を立て水中へ沈んだ。

遠いところで彼女の悲鳴が聞こえた。

必死の思いで水面に浮上すると、アダムソンは僕の腕を支えるように横にいた。

「ざっけんな、おま……」

僕はアダムソンを突き離した。

「もう一度！　見ていてくださいよ！」

アダムソンが叫んだ。

「ええっ！」

僕も叫んだ。が、アダムソンはもう水面にいなかった。

「ちょ、やめっおいっ‼　てめー……ごふっ」

再び足を引っ張られる。

「やめて、やめて！」

プールサイドから彼女が叫んだ。

「どうですか⁉　見ていましたか⁉」

アダムソンがザバッと顔を出し言った。

「マジで何……」

僕はもうわけもわからず茫然自失だった。

「もう一度行きます！」

「やめてー！」

「やめろぉ!!!」

アダムソンが三度水中に沈む。

「グヘッ……マジで、引っ張……ゴボッ」

アダムソンがザバッと浮かび上がり、僕の腕を取った。

「見ましたか⁉　ワタソンくんの足を引っ張った私がどうなったか……！」

「もう、上がる……」

身の危険を感じ、僕はアダムソンの手を振りほどいてプールサイドへ泳いだ。

「はい！　危険なので早急に上がってください、ワタソンくんありがとう！」

「何なの、マジ……」

僕は息も絶え絶えでプールサイドに辿（たど）り着くと、手をかけ這（は）い上がった。彼女も一緒になって僕の腕を引きあげてくれた。

「晴香さん、ゴホッ……。ワタソンくんの足を引っ張るには、私は深く潜らなくてはならないのです。彼の足を持ち、更に引っ張る。私は、さらに深く深く、下へ下へと潜ることになる……！」

アダムソンはまだプールの真ん中で立ち泳ぎをしていた。

「人の足を引っ張っている間……ゴフッ……あなたは決してその人より上にいけないのです……そして……あなたは、自ら深みへと向かい……ゴホッ……」

「アダムソンさん、もう上がってください！」

「どうやって上がればいいのでしょう……！」

彼女は半泣きで叫んだ。

「はあ⁉」

「晴香さん、私はどうやって上がればいい……！」

「何言ってんすか！」

僕は慌ててプールサイドへ駆け寄った。

「潜ると……疲れるのです……そのうちに体力がなくなり、上がりたくても……上がれなくなる……」

「えっ……どっち……？　本気なのか、比喩なのか……どっちですか！」

僕はアダムソンに向かって叫んだ。

「晴香さん、あなたは潜りたいのですか……？　本当に、足を引っ張るために、深みへと……息ができない……深みへ……ゴホッ」

「いえ、潜りたくありません！　ごめんなさい！　上がってください！」

彼女は泣き声で叫んだ。

「どうやって……」

「こっちまで泳いできて！　お願い！」

アダムソンはもがいているように見えた。

もしかして本当に体力が尽きているんじゃないだろうな。背筋がヒヤッとした。

「アダムソンさん、こっちへ……！」

僕はプールサイドから手を伸ばした。

彼女も泣きながら同じように手を伸ばしていた。

「手を……！」

「摑んでください！」

アダムソンは必死の形相でこちらへ向かって泳いできた。

「もうちょい……！」

アダムソンは、僕らの手をしっかと掴んだ。

「あーー……びっくりした……」

三人ともびしゃびしゃになったまま、プールサイドに放心したように座り込んだ。

「ごめんなさい……」

彼女はグズグズと泣き続けていた。

「いえ、ありがとうございます。手を伸ばしてくれて。お陰で助かりました」

アダムソンは肩で息をしながら、爽やかな笑みを浮かべた。

「ごめんなさい……わたしのせいで、こんな……」

いや、これは彼女のせいではないような気もする。確実にアダムソンのスタンドプレーだ。悪い意味で彼のスタンドプレーが出た。

「足を引っ張る人間は、蹴られます。先ほどの私のように。そう、蹴られたのです。私は……親愛なるワタソン君から……水中にいる私を……」

なぜこの人が被害者面しているのか、まったく納得できない。

「あなたが急に掴むからでしょうが！　本当におぼれたらどうするんですか！」

「怒られました……」

「当たり前です！　これはさすがにやりすぎです！」

「ごめんなさい……」

アダムソンに怒鳴ったつもりだったが、彼女が再び泣きだしてしまった。

「でも、手を伸ばして助けてくれたでしょう？」

アダムソンはまだ肩で呼吸しながらも、彼女に語りかけた。

「深く潜り足を引っ張ろうとすれば、さらに深みへと蹴り落とされる。けれど、上がろうと必死に手を伸ばすものには、手を差し伸べて引っ張ってくれる人もいる」

アダムソンはにっこり笑った。

「あなたは、足を引っ張る側と、手を引っ張る側、どちらを選ぶのですか？」

「わたしは……わたしは……手を引っ張る側でいたい……！」

そう言って、彼女は顔を覆った。号泣だった。

「……おぼれた時は、あなたも手を伸ばせばいい」

ふいにそんな言葉が口をついて出ていた。

アダムソンはそんな僕のことを、目を細めて見ていた。

「はい……必死に泳いで、手を、伸ばします……上がるために……手を……」

彼女は何度もうなずいた。

「ええ、きっと、そのほうがいい」

アダムソンは目を細めたまま、彼女の背にそっと手を置いた。

「ごめんなさい……」

しおれる彼女に、アダムソンは穏やかに続けた。

「ああ裾が濡れてしまいましたね。あなたには被害を及ぼさないつもりだったのに、申し訳ないです」

僕の甚大な被害について、もう少し謝罪してほしい。

「ああ！　スマホ……！」

僕は慌ててポケットからスマホを取り出した。

「大変！」と、彼女が叫んだ。

「ワタソンくんのスマホは防水だから大丈夫ですよ」

アダムソンが冷静に答えた。いや、アンタが言うな！

「そういえば、今何時でしょう。少し遅くなってしまいましたが、お時間は大丈夫でしたか？」

そう問われた彼女がバッグからスマホを取り出した。そして「あ」と声を漏らした。

「あの子から……メッセージがきていました」

そう言うと、彼女はスマホを真剣な表情で食い入るように見つめた。

僕らが凝視していると、彼女はふっと笑みを浮かべ、そして眉を八の字に下げ、アダムソンと僕にスマホを差し出した。

そこには長いメッセージが記されていた。

『あなたが仕事に対して本当に一生懸命なのは知っていたのに、無神経なことを言ってごめんなさい。彼に、あなたの気持ちがわかると言われて、叱られてしまいました。

彼とは中学からの幼馴染で、私のたまに人の気持ちを察せられないところを、そのたび注意してくれます。嫌な気持ちにさせて、ごめんなさい。

実は、あなたに結婚の話をした直後、事情があって彼が仕事を辞めてしまったのです。それでしばらく私は仕事を辞められなくなって……。私が辞める前でよかった、考えが甘かったと反省しました。でもそんな事情を話すことができなくて。あなたに色々と心配をかけてしまいました。

昨日みんなに伝えた通り、彼と話し合って結婚を早めることに決めました。こんな時だからこそ、私が彼を支えたいと思っています。この先大変かもしれないけれど、二人で支え合っていくつもりです。

私も仕事を本当に頑張るつもりでいるから、良き同僚として、そして良き友人として、これからもよろしくお願いします』

そして、そのメッセージの下には二人の写真があった。

彼女は、素朴で優しそうな婚約者の隣で、とても幸せそうに微笑んでいた。

「あの……なんて言うか……」

彼女はおずおずと口を開いた。

「わたしはきっと彼女のことを勝手なイメージで、自分とは違う世界に住む苦労知らずのお姫様とでも思っていたんですね。でも、あの子もわたしと同じように様々な思いを抱いていた。こんな当たり前の事に気付けなかったなんて、本当に、自分が恥ずかしいです……」

僕とアダムソンは顔を見合わせた。

「過ちも、犯す前に気づくことができれば、過ちには成り得ません。自分で気づくことができればもう大丈夫です。そして、その手助けを私に求めてくれて、ありがとうございます」

アダムソンはいつも通り、悠然とした笑顔で言った。

「最後に、あなたへ私から三つのアドバイスです」

アダムソンは髪から水を滴らせたまま、人差し指を立てた。

「一つ、まずは自分を見つめてください。二つ、あなたは自分で思っているより素敵です。そして三つ、他人と自分を比べるのはやめましょう」

彼女は深く頷いた。

「よくわかりました。わたしは自分に自信がなかったんですよね。自分の中に確固たるものがないから、だからほかの誰かと比べてすぐに自信を失くしてしまっていた」

アダムソンはにこやかに笑った。

「少なくとも、今のあなたにとっては人と比べていいことはなさそうです。その分あなた自身に目を向ければきっと、あなたはもっとあなたのことを愛するようになり、ひいては周囲の人たちも、もっとあなたを愛するようになりますよ」

彼女は、瞳を潤ませて頷いた。

「ちなみに私だって、自分のことを世界一の美形だとは思っていませんよ」

突然アダムソンが言った。本当だろうか。

「けれど、自分の造形美を美しいと思っていますし、正直、好みです。ひょっとすると、それがさらに自らの美しさに磨きをかけ、それが自信へと繋がっている可能性は否定できません」

この人、何言ってんだろう。

「あの……」

彼女が口を開いた。

「アダムソンさんが使っているトリートメントのメーカーを教えてくださいませんか？　わたしも……癖毛で困っているんです」

彼女はゆるくパーマがかかったような、茶色い髪の先をつまんだ。

「もちろんですよ。ちょうどこの前キャンペーンで新商品のサンプルをもらいましたので、次回はそちらも一緒にお渡ししましょう。美容談義は大歓迎です」

アダムソンは濡れた髪をかき上げ、微笑んでみせた。

その後、晴香さんは彼女に電話をすると言ってそのままそこで別れた。僕らは軽く水気を拭き取っただけで、濡れネズミ姿のまま事務所へと歩いて帰った。

よく晴れた日で、歩いているうちに服が乾いてきたのがせめてもの救いだった。

「ワタソンくん……ごめんなさい」

〝メメントモリ〟へと続く階段を上がりながら、アダムソンは濡れそぼった犬のようなみすぼらしい風体で情けない声を出した。

「今日は本当に怒ってますよ」

僕は怒りを隠さなかった。

アダムソンはさらに「ごめんなさい」としおれて見せた。

「二人ともおぼれてしまったら、どうするつもりだったんですか」

「でも……」

「でもじゃない！」

アダムソンは何か言いたそうに僕の様子を窺(うかが)いながら、「でも」と繰り返した。

「私、ライフセーバーの資格を持っているから……」

「……え？」

僕は階段の途中で振り返った。

「だから、万が一ワタソンくんがおぼれた際には、間違いなく助けられる自信があったから……」

「え、本当ですか？」

「はい、だから何としてでも助けてみせると」

「じゃなくって、ライフセーバーやってたんですか？」

「やってはいないよ」

「は？」

「資格があるだけで、実践はさほど」

「ええと……どうして取ったんですか？」

「いつか何かの役に立つかと思って取ったんだけど、ほら私、日に焼けるのが嫌いだし、あと紫外線とか海やプールの水で髪が傷んじゃうから」

もう何から突っ込んだらいいのかわからない。

僕は無言で足早に、事務所の中へと入った。

「でも、これだけは信じてほしい。私は自らの命に代えてもワタソンくんだけは、なんとしてでも助けてみせる！」

アダムソンが僕を追いかけてきて言った。

「命に代えられても困りますよ」

僕はタオルを二枚取り出して、一枚をアダムソンに投げた。

「私の命くらい、くれてやるよ」

アダムソンはタオルを受け取って言った。

「別にそこまではいいです。いや、本当に」

「きみは……いてくれないと困るんだよ。きみは私のメンターなんだから」

濡れ髪から水を滴らせて、そんな格好つけたことを言ってしまい、さらにそれが様になってしまう。無性に腹が立った。

彼女が去り際に言った言葉が蘇った。

『あの時、アダムソンさんが言ってくれた言葉が忘れられなくて。名前をほめてくれたでしょう？　すごく嬉しかった。わたしも自分の名前に恥じないような人間になりたいって、そう思ったんです』

彼女はそう言って『単純でしょう？』と、花が咲くように笑ったのだ。

僕にはとても、彼女のあんな表情は引き出せないだろう。

「……メンターは、あなたでしょう」

僕は苦々しく言った。

「きみだって私のメンターなんだ。きみがいるとよく眠れる」

アダムソンはタオルにくるまったまま穏やかに微笑んだ。

「そりゃ、どうも……」

どうしたって毒気を抜かれてしまう。これが彼の才能だとすると、僕はとても彼のようにはなれない。

「今日は疲れたのでもう帰っていいですか……」

アダムソンは「うん、もちろん」と笑った。

「また、明日だね」

アダムソンの言葉に、僕は無言で事務所の扉を閉めた。

File3
ワタソン、風邪をひく

意識を何かに無理矢理引っ張られたように、ぼんやりと目覚めた。頭の中に靄(もや)がかかったままグルグル回っているようだった。それが収まると次は鈍器で殴られているような頭痛がした。

——ピンポーン。

微(かす)かにチャイムの音が聞こえた。なるほど、この音で目が覚めたのか。薄く目を開けると、割れるような頭の痛みがガンガンと増した。

ピンポーン。

今度はハッキリと聞こえた。僕は仕方なくゆっくりと上半身を起こした。腕から肩から身体(からだ)中、筋肉痛のような痛みが走った。

ピンポーン。

チャイムはしつこく鳴り続けていた。布団に手をついて、なんとか気持ちを奮い立たせてから泥のように重たい身体を持ち上げる。ふらつきながらもなんとか玄関までたどり着いた。

チャイムの音は止(や)んでいたが、玄関に人の気配はあった。中から物音が聞こえたので住人が出てくるのを待っているのだろう。

僕は「はい……」と乾ききった喉をなんとか震わせながら掠(かす)れた声を出した。

「どうも、○ーバーイーツでーす」

ドアの向こうから元気な声がして、僕は鍵を開けた。

「え、頼んでな……」

チェーンを外しドアを開けると、隙間から見慣れた笑顔が現れた。

「どうもー、お届けに参りました」

二人の間にしばし沈黙が流れた。

「……間に合ってます」

「あ、閉めないで！　ワタソンくん！　具合はどうだい⁉」

アダムソンは慌てて、閉められそうになったドアを手で押さえた。

「見ての通りです……」

「あ、閉めないでッ……お、お粥を……最高級のアワビ粥だよ！　この引きこもりの私がわざわざ中華街の本店まで行ったんだよ！」

「普通の梅粥がいいです……」

アダムソンが紙袋からおそらくその最高級のアワビ粥を出した隙に、僕は渾身の力を振り絞ってドアをバタンと閉めた。

「あっ……！」

ピンポーン。

ピンポーン。

ピンポーン。

「あーーーもうーーーー！」

僕はグラグラしている頭を掻(か)きむしった。

「ビタミンゼリーとバニラアイスと桃缶とポカリもあるんだ！」

アダムソンの必死な声が部屋の中にまで響いた。

「勝手にしてください……」

僕が呟(つぶや)くと耳ざとくその声を拾ったのか、アダムソンは即座に「お邪魔します！」と玄関ドアを開け放ち、部屋へ侵入してきた。

僕はもうなんだか意識が朦朧(もうろう)としてきた。

「ささっ、食べて食べて」

気が付くと何か口に入っていた。どうにかそれを飲み込んだ。

「ほら、これ飲んで飲んで」

口に何らかの粉末を入れられたところで意識が覚醒した。

「……ッ！　にがッ！　なにこれ！」

「とてもよく効く漢方だよ」

アダムソンが差し出した水のボトルをひったくるように取ると、急いで謎の粉末を飲み込んだ。

「……イモリの黒焼きとか入ってないでしょうね」

恨みがましい目で彼を見ると、彼はふいと目を逸らした。

「……ささっ、もう横になって」

おい、本当に変なもの入ってないだろうな。

文句の言い足りない僕をなかば無理矢理寝かしつけると、アダムソンはいい笑顔を見せた。

「子守歌でも歌う？」

彼の笑顔がこれほど腹立たしく思えたことはない。

「黙って息だけしていてください」

地獄の底から湧いてきたような声が出た。

「毒づく元気があって何よりだよ」

アダムソンはさらに嬉しそうに笑った。さらに腹が立った。

「誰のせいだと……」

「私のせいだ……」

アダムソンは僕の呪詛（じゅそ）に被（かぶ）せるように、わざとらしく落ち込んだ声を出した。

「本当にごめんよ。だから、今日は何も心配しないでゆっくり休んでくれたまえ」

「まったく……」

「せっかくだから消毒をかねてクリーニングサービスも頼んでおいたよ。起きたら部屋中ぴっかぴかだよ。汚れたキッチンもカビの生えたバスルームもきれいさっぱり」

アダムソンがテレビＣＭのような笑顔でテレビＣＭのようなセリフをつらつらと吐いた。

「……勝手なことを……」

「あ、本棚は決して触らないよう言っておくからね。あとテレビ台の中も。男の嗜（たしな）みだから安心して眠っておくれ」

一瞬、意識がふわりと漂い、アダムソンの声が揺れて聞こえた。

さっきの怪しげな粉末がもう効いたのか。即効性があるのか。恐ろしい。一体あれはなんだったんだ。そんなことを考えているうちに、どうにも抗（あらが）えない睡魔に襲われた。薄れゆく意識の中、僕はかろうじて声を発した。

「……クローゼットの中も……ダメ……」

「もちろんだよ」というアダムソンの声を最後に、僕の記憶は途切れた。


「母さん、何だよ改まって。話って何？」

母の目にはすでに涙がいっぱいに溜まっていて、僕はそれを見ないように、なんでもないことだと自分に言い聞かせようとした。

「ごめんね……ずっと、ずっと言わなきゃって思ってたんだけどね……」

僕は白髪まじりの母の頭を見下ろしていた。小さい頃は見上げた母の顔を、いつのまに見下ろすようになったのか。いつ母の背丈を追い越したのかは、記憶を辿っても思い出せなかった。

「ごめんね……本当に……。今まで、お母さんね……」

「大丈夫だよ。……大丈夫だから」

聞きたくなかった母の言葉を遮った。「大丈夫だよ」と、自分に言い聞かせながら。小刻みに震える、いつの間にか細くなった母の肩に手を置き「問題ないよ」と呟いた。

「ごめんね……」

上からでは、すっかり項垂(うなだ)れた母の頭しか見えない。顔を見るには、母から見上げてもらわないといけない。

「母さん、僕は元気だよ。何も、問題はないよ」

だから、上を向いて。僕を見て、安心して。僕は元気だから。だから、笑ってほしい。

「ごめんね……お母さんね、本当はね……」

母は俯(うつむ)いたままだった。

「何も、問題はないよ」

僕は繰り返した。

母は俯いたままだった。

こっちを見て、母さん。お願いだから、そんなこと、言わないで――

誰かが、僕の頭をそっと撫(な)でた。

母の手ではない、僕の背丈より高い視線で、誰かが僕を見つめていた。

「――君」

薄目を開けた瞼(まぶた)の隙間に、アダムソンの顔がぼやけて見えた。

「ワタソン君、起きたかい？」

「あ、びっくりした……」

自分の喉から、自分のものではないような掠れた声が漏れた。

「よく寝ていたね」

アダムソンは見たことのないような優しい瞳で、僕を切なげに見つめていた。

「……よく、寝た……？」

僕は一体何時間眠っていたのだろう。身体は汗でびしょびしょ、喉はカラカラに渇いていた。顔をこすると、頰のあたりの乾いた水跡に気づいた。

「すごい汗だね。水分補給して、一度着替えよう」

アダムソンは僕の顔から目を逸らすように、蒸したタオルを広げた。

「これで汗を拭いて。背中は拭いてあげるからね。冷え冷えシートも張り替えて……」

ふと、音楽が流れていることに気づいた。

「ピアノ……？」

アダムソンは僕に一瞬視線をやり、やはり切なげに微笑(ほほえ)んだ。

いつも事務所で流れている『悲愴』だ。

「……いつもピアノですね。事務所でも」

「そうだね。ピアノの音色にはヒーリング効果があるから」

「ふーん……」

「素敵な音色だろう？」

「……いつも通りですね」

そんなやり取りが終わる頃には、新しい寝間着に着替え終わっていた。

「お粥は食べられそう？　何かお腹にいれたらもう一度薬を飲んで、もう少し眠ればいいよ」

「お粥と桃缶だね、わかった」

僕はまだぼうっとする頭のまま「お粥と……桃缶」と呟いた。

アダムソンはとても穏やかな笑みを浮かべて立ち上がった。

「……案外、ちゃんと看病できるんですね」

アダムソンが温めてくれたシンプルな梅粥を、一口、二口とゆっくり咀嚼しながら僕は言った。

「それくらいはね。きみは私を見くびりすぎだよ」

「だって、電球すら買いに行けないのに」

「買いに行けないいんじゃない、買いに行かないいんだ」

アダムソンは僕の手から八割食べ終わった茶碗を受け取ると、それと交代に桃の入った器を差し出した。

「私の辞書に不可能という文字はないいんだよ」

フォークに刺さった桃を一口齧ると、よく冷えていた。

「ナポレオンかよ」

甘酸っぱい瑞々しさが口内に広がった。

「お、ツッコミがでるようになれば元気になってきている証拠だね」

アダムソンは次に薬を差し出した。さっきの苦くて怪しい粉末状の薬は、漢方の入った総合風邪薬だったらしい。僕は何とかそれを飲み込み、再び横になった。

アダムソンは珍しく無口で、部屋にはピアノの音色だけが響いていた。僕はしばらくその音に浸った。

「……どうして、あんなことまで……プールに飛び込んだりしたんですか？　それが仕事だからですか？」

昨日のことを問う僕に、アダムソンは静かに答えた。

「私は、私のしたいようにしているだけだよ」

「どうして、そこまでしたいんですか?」

「私もきみと同じなんだ」

「同じって、何が」

アダムソンがそっと微笑んだ。

「問題が、嫌いなんだよ」

僕は口をつぐんだ。再びピアノの音だけが部屋を流れた。

しばらくして、蚊の鳴くような声が聞こえた気がした。

「……なんですか?」

僕はアダムソンに視線をやった。

「……申し訳なかったね、本当に」

こんなに辛そうなアダムソンの顔を見るのは、初めてだったかもしれない。僕は少し慌てて、思わず彼から視線を外した。

「いや、もういいですよ。それに寝不足で疲れが溜まっていたせいでもあるんで」

「寝不足、か……」

アダムソンが含みあるように繰り返した。

「……豆電球が、切れてるんですよ……」

僕は部屋のＬＥＤライトを見上げて言った。

「じゃあ、明日はそれも買ってくるよ」

あんなに買いにいくの、嫌がってたくせに。

「別に、毎日こなくていいですよ」

そう言ったところで、ようやく〝メメントモリ〟のことにまで考えが及んだ。

営業はどうしているんだろう。臨時休業になってしまったのだろうか。

「今日は、予約入ってなかったんですか？」

「大丈夫だよ、心配しないで」

アダムソンは優しく微笑んだ。

「もう大丈夫ですから、事務所に戻ってください。どうもありがとうございました」

「まだ大丈夫だよ」

アダムソンは少し困ったような、寂しそうな笑みを浮かべた。

「アダムソンさん……」

「なんだい、ワタソンくん」

「あなた一体……」

アダムソンが、じっと僕を見つめた。

「何歳なんですか……?」

彼はフッと笑った。その表情は少し安堵しているように見えた。

「それはね、トップシークレットなんだ」

「別に、何歳でもいいけど……」

「ごめんよ」

「別に……」

言葉が途切れた。薬が効き始めた。

「もう本当に、大丈夫なんで……。お客が……待ってます……」

朦朧とし始めた意識をなんとか保ち、呂律のまわらないながらも僕はアダムソンに事務所に戻るよう繰り返し訴えた。彼は「わかったから」と繰り返し答えた。そのまま眠りの淵を漂っていると、アダムソンの大きな手がそっと額に置かれたのがわかった。

「ごめんよ、本当に……」

いつもとは違う哀しみを携えたその声に、僕の心はえも言われぬ不安でざわざわと揺れ、いつしか意識は深い眠りの底に落ちて消えた。

夢を見た。猫背の少年の夢だった。彼は屋上に佇んでいた。僕は少年に呼びかけようとしたが、声が出ない。前に進むと、透明なガラスにぶち当たった。そのガラスに手をついて、僕は少年に呼びかける。けれどやっぱり声は出ない。少年は僕の存在には気づいていない。こっちを見てくれ。僕は拳を握りガラスをダンダンと叩いた。しかし音が鳴らない。確実にそこにガラスはあるのに。叩いている感触も、振動も感じるのに。いくら叩いても音が鳴らない。叫ぼうとしても声は出ない。少年は屋上のへりに立ち、地面を見下ろしている。

「待って！　こっちを見て！」

ようやく声が出た。この時点で、これは夢だとわかっていた。わかっているのに、焦燥感はなくならない。少年がさらに地面に向かって頭を下げた。

「こっちだ！　僕はここにいるから！」

少年がちらりとこちらを見た。

「こっちだよ！　もう大丈夫だ！」

これは夢だ。わかっている。

「僕がいる！　もう大丈夫だから！」

頭の中でもう一人の僕が冷静に問う。

一体、何が大丈夫なんだ。

僕がここにいるから、だからなんだって言うんだ。

僕は、彼が死にたい理由すらわかっていないのに。

少年は振り向いて僕を見つめ、僕を認識し、ゆっくりと正面に戻った。

まるで、「おまえじゃ意味がない」とでもいうように。

「待ってくれ！」

次の瞬間、僕は少年の隣にいた。ガラスはいつの間にか消えていた。

でも僕の存在はすでに少年の中から消え去っており、彼の目には何も映っていなかった。

少年は足を一歩、宙へと踏み出した。身体がグラリと揺れた。

「待って！」

ハッと目が覚めた。

現実世界の僕は荒い呼吸をしていた。

さっきのは夢であったと確認し、心の底からほっとした。

彼は、この猫背の少年は、一体どうして死にたいと思ったんだろう。

クラスでひとり孤独だったり、誰からも好かれていないと感じたり？　でもたぶん注目されたかったわけじゃない。いや、本当は注目されたかったのか。いや、彼は誰かにたった一人に好きだと言われるだけでよかったんだ。それだって僕の勝手な想像だけど。

どうして言ってあげられなかったんだろう。オトナだって楽しいよって。彼が希望を見出(みいだ)せる言葉を、どうして僕は言ってあげられなかったんだろう。言うべきだったのに。彼に未来を見せてあげるべきだったのに。そうだ、僕は彼の未来の姿なんだ。こんな未来なら向かってみたいって、そんな希望的で美しいなにかを、僕が彼に見せることだってできたはずなのに。見せなきゃいけなかったのに。でも、そんなことできないって僕が一番わかっている。何もできないことだって、誰からも愛されていないことだって、親が全てじゃないし、家族が全てじゃないし、なんなら温かい優しい家族がいて、ある程度幸せなんだって、だから僕は幸せだって。幸せなんだって言うべきだったのに。

言えなかった理由なんて、わかりきっている。

僕が、僕自身が今を生きていないからだ。

僕自身、強く「生きたい」と願っていないからだ。

僕は、幸せなんかじゃない。

そんな気持ちがずっと拭えないからだ。

世界で一番不幸せなワケじゃない。それでも人生に疲れていた。一生懸命生きることに疲れていた。校則や法律でガチガチに縛られていた未成年という鎖から解き放たれて、僕は自由になれたのに。自由になったはずの僕は、未完成で未成熟な年齢から解き放たれた僕は、ただの名もなき大人になって、そして、余計に不自由になった。楽しく学校にさえ通っていればそれだけで認められていたのに、今では能動的な何かを当たり前のように求められる。勉強をしていればえらいと褒められたのに、今ではそれを金にかえることを求められる。金を稼げばすごいやつで、稼げなければ馬鹿にされる。夢を語ることは正義だったのに、いつからか夢なんて語っていることが恥ずかしくなる。自分の才能を誰もが信じていたはずなのに、いつしか才能なんてないと認めることが称(たた)えられる。

「現実を受け入れろ」

呪いのような誰かの言葉が、確実に誰かを呪っていく。少しずつ、みんな蝕(むしば)まれていく。

若さというのは最強の武器で、最強の鎧で、それで身を守ってなんとか生きていたのに、突然身ぐるみはがされて、突然「君はレベル1だよ」なんて宣言されて。武器も鎧も捨てさせられた僕は、当たり前のように手に持っていたちいさなちいさな木の枝を削ってナイフを作る。気づくとあいつは銃を持っていて、それをどうやって手に入れたのか知りたいけど、聞けなくて、聞いたところで「前からコツコツやってたんだ」とか「宝くじに当たったようなもんだよ」とか言われたって僕には何も真似できないし。

僕は僕なりに頑張ってきたし、僕は僕なりにコツコツやってきたつもりだし、当たらない宝くじを嘆いたってしょうがないし。同じナイフを持っているやつらと手を取り合い慰めあってやっていこうと思った矢先に、いつのまにかそいつに自分のナイフが奪われている。やっぱり量産されたようなやつにはなりたくないって虚勢を張って、人のナイフを奪うやつになってたまるかと意気込んで、勇気をもってはみ出したつもりでいたのに、地道にまっとうに生きているやつらを羨んだりしている。

できることもしたいこともない僕は、彼のように能動的に死のうとすらできなくて。あんなに真っすぐに生と死に向き合える彼のことが本当は少し羨ましくさえ思ったりしたんだ。

僕が彼を助けたかったのは、彼を助けたかったからじゃない。

僕がこの世に必要な人間だと思われたかったからだ。

彼を助けることで、僕が認められたかったんだ。

僕が彼を助けたかったのは、彼のためじゃない。僕のためだ。

一部の才能のある人を妬んだり、素直にそれを好きと言える人を羨んでみたり、誰にも近寄らなかったくせに、誰からも近寄ってもらえなかったことを嘆いてみたり、誰のことも愛さずに、ただ棘だけを立ててみたり。そんな人間には誰も近づいてすらくれなくて。

本当にこの世にいらないのは、僕みたいな人間だって、気づいている。

ふと、手の中にあるものに気づいた。

僕は小さな棒を一本握っていた。

そうだ。今の僕にあるのは、この棒切れ一本だけだった。

ナイフを研いでいたつもりだったのに、結局今僕の手にあるのはこのたった一本の――。

気づいている。

本当にこの世から消えても問題ないのは、僕みたいな人間なんだって。気づいている。

本当は、赤の他人のほんの小さな呟きですら気になって、心にささって、抜けなくて、苦しくて。

誰か、誰か、助けて――

「私が、いますよ」

誰かに手を握られた気がした。柔らかくて、温かい。人のぬくもり。

手の中の棒が、消えていた。

意識がまた、深いところへとゆっくりと沈んだ。

次に目が覚めた時、部屋には誰もいなかった。

「どこから……夢だったんだ……」

まだ半分夢の中にいるようなぼうっとした頭で、ゆっくり上半身を起こすと、枕元に水が置いてあることに気が付いた。僕はそのペットボトルに手を伸ばした。生ぬるくなった水が喉から胃へはっきりと通り抜けた。それと同時にカラカラに干からびていた口内が潤いで満たされていった。

　一呼吸ついた僕は、床に手をつきゆっくりと立ち上がった。足元が少しふらついた。俯いた拍子におでこに張ってあった熱取りシートがペラリと剝がれて、ぽとんと大袈裟(おおげさ)な音を立て床に落ちた。すっかり端が乾いてしまったシートを拾い、ふらふらと窓辺に近づきカーテンを開けた。その隙間から今にも沈みそうな太陽の光が一気に薄暗い室内に差し込み、部屋をオレンジに染めた。窓を大きく開けると、心地(ここち)よい風が吹き込んだ。その風にはもう夏の熱を感じなかった。夏の終わりを告げる少し乾いた風。僕はしばらく窓辺に佇み、その風に吹かれていた。

　そういえば、あの人と出会ったのもちょうどこんな夏の終わりだった。

「私は話を聞くことくらいしかできませんが、話を聞くことくらいはできます」

　あの時、あの人に言われた。

　どうして同じようなことを二回も言ったのだろうと思った。

「あ、どうも……」

　僕は素っ気なく、それだけ返した。変な人だなあと思った。僕はそのまま彼と話すことなく帰路についた。

　それから数日して僕らは再会した。ああいうのを、運命的だと呼ぶのだろうか。まるで磁石が引かれ合うかのように、僕自身、あの人と一緒にいることはとても自然なことだと感じていた。

それから一年が過ぎて、濁流のような時もあれば、さざ波のような時もあって。ただいつだって、あの人の傍(そば)にいる時だけは、とても凪(な)いだ明け方の海にいるような、水平線に沈む黄昏(たそがれ)の光に包まれているような、決して口には出せないけれど、そんな気持ちになれる。

「不思議な人だよな……」

僕は、少しずつ彼に魅了されていることを認めざるをえなかった。

翌朝、熱はだいぶ下がっていた。アダムソンが残していった大量の水や食料からヨーグルトと牛乳パンを選んで食べた。リンゴを剝(む)こうか迷っているとピンポーンと玄関チャイムが鳴った。もうアダムソンが来た。

「はーい」

僕はためらうことなく玄関ドアを開けた。そして次の瞬間、呼吸を忘れた。

「……どなた……でしょう」

ようやく発した声は、驚きと緊張でガサガサに掠れていた。

目の前には、見覚えのない、目の覚めるような美女が立っていた。

「あなたの生き別れの姉です」

彼女は静かに言った。

頭の中が真っ白になった。ホワイトアウトだ。

はい？　という二文字だけが脳内の九割以上を占めたまま、僕は声を失った。

「冗談ですよ？」

彼女はニッコリ微笑んだ。

「……はい？」

ようやくガサガサの声が出た。

「あ、待って。閉めないで」

彼女が少し慌てた。僕は無意識に玄関ドアを閉めようとしていたらしい。

「ごめんなさい、ただの冗談です。初対面だし、緊張をほぐそうと」

僕はたぶん、能面のような顔で彼女を見ていたと思う。

「今日はアダムソンが来られないの。だから、わたしが彼の代わりに」

そう言って、深いグリーンの瞳を持つ彼女はコンビニ袋を掲げて僕に見せた。

クルミ色をした艶髪の真横で揺れる無機質な白いビニール袋は、あまりにもその場に不釣り合いだった。真っすぐ通った鼻筋に絵に描いたようなアーモンドアイ、それを囲う長い睫毛。そしてその造形の美しさを凌駕しているのが、髪の毛一本から爪の先まで、全身から溢れ出す気品。その端整な佇まいは悔しいかな、どこかアダムソンを彷彿とさせた。

「ひょっとして、アダムソンのご姉妹ですか？」

僕の質問に、彼女は泉のように潤った唇を少し尖らせて見せた。

「そこは妹に限定してほしかったわ」

なるほど、これが最上級のあざといというやつか。いいものを見たな。僕は頭の隅でそんなことを思った。

何が起こっているのかまだ把握しきれていない中、彼女はコンビニ袋を僕の目の前に差し出し「いる？　いらない？」と二択で迫った。

「いり……ます」

まだぼうっとした頭で、僕はそれに手を伸ばした。

彼女は当たり前のように僕の部屋に上がり込んだ。それを許してしまったのは、やはり風邪のせいで判断能力が低下していたからだろう。決して相手が女性だったからではない。

「あの、お名前は？」

ガサガサに掠れた声で、僕はとりあえず彼女に尋ねた。

「そうね……どうしようかしら」

ん？　なんだか会話がかみ合っていない。

「あの、お名前を聞いたのですけど」

「だから、どうしようかしら」

どうしよう、会話が通じない人だ。あ、もしかして実は日本語があまり得意ではないとか？

「きゃんゆーすぴーくじゃぱにーず？」

「急にどうしちゃったの？」

美女はパチクリと元から大きな瞳を更に見開いた。

「大変、まだ熱があるのかしら」

オロオロしだしそうだったので、僕は一旦、何事もなかったことにした。

ひょっとしたら僕の声が嗄（か）れすぎていて聞き取れなかっただけかもしれない。

「あの、お名前をうかがってもよろしいでしょうか」

僕はなるべくはっきりと口を動かしてしゃべった。

「そうね……」

そう言って、やはり彼女は黙った。この人、名前を言うと死んでしまう病気でも患っているのか。もしくは名の知れた指名手配犯だったりでもするのだろうか。

「じゃあ、レディマドンナって呼んで」

「はい？」

突飛もない提案に、僕も突飛もない声が出た。

「レディマドンナ」

「あの、本名……ではないですよね」

彼女は肯定の意味でにっこり笑った。

「あの……僕は別にいいんですけど……」

「なあに？」

「ちょっと恥ずかしくないですか？」

彼女の端整な顔にははっきりと不服の色が見えた。

「あなただってワタソンのくせに」

「それは、あの人が勝手に……」

「彼だってアダムソンじゃない」

「えっ？」

僕の疑問顔を見て、彼女はハッとしたように息をのんだ。

「え、アダムソンって本名ですよね」

と言おうとした「ね」の音にかぶせて、彼女、もといレディマドンナは「ほら、一度呼んでみて。練習練習」と最上級のあざとい笑顔で僕の顔を覗き込み、ニッコリ笑ってみせた。明らかに取り繕っている。

この様子だと、どうやらアダムソンは本名ではなかったらしい。そしてそれを僕に知られて、彼女はまずいと思っているらしい。

「ね、ほら。ワタソンってば」

まあ元から謎多き人だし、別に偽名でも驚かないけど。年齢も不詳だし。

「ワーターソーンくーん」

偽名だったところで何か支障があるわけでもなし。僕は軽く溜息をついた。

「はい、マドンナさん」

「何その呼び方」

「ええ……あなたがそう名乗ったんじゃ」

「違うわ、レディマドンナって名乗ったのよ」

もはやどっちでもよくないか？　日本人の僕にとってはマドンナさんのほうがまだ呼びやすいのに。

「レディ……マドンナ……」

やはりなんとなく気恥ずかしい。

「はあい」

語尾にハートマークが透けて見えるような機嫌のよい返事が返ってきた。

僕はと言えば、治りかけていた頭痛が再発していた。

「ちょっと……横になります……」

「たいへん！　寝てなくっちゃ！　どうして起きてるのよ」

僕は無言で布団の中へと潜った。

すると彼女はなにやら台所でガチャガチャしだした。

その音を聞きながら、僕はただ混乱した頭を休ませていた。

しばらくすると「ワタソン」と呼ぶ声が聞こえた。

どうやら少し眠ってしまっていたらしい。

「わたし帰るわね。お粥があるから食べて。水分もちゃんと摂(と)るのよ」

台所から彼女の声がした。

僕は朦朧としながらも、反射的に「ありがとうございます」と礼を言った。

「ところで、あなた誰だったんですか……」

よいしょと上半身を起こし、僕は彼女に話しかけた。

「人にものを尋ねる時は、まず自分から名乗るのよ」

「渡邊ソナタ……」

「そうそう、ちょっと変わった名前よね。素敵だわ」

「アダムソンとは……一体どういう……」

「人にものを尋ねる時は——」

「僕は、彼の助手です……」

「いつから？」

「一年くらい前……」

「じゃあ、わたしのほうがセンパイね」

もっといろいろ聞きたいことがあったが、頭がよくまわらなかった。

「質問は以上？　ならもう少し寝たほうがいいわよ」

まるでその声を合図とするように、僕は再び眠りに落ちた。

次に目覚めた時、謎のレディは幻のようにいなくなっていた。

今野 敏
臨界 潜入捜査〈新装版〉

定価792円（税込）978-4-408-55692-5

原発で起こった死亡事故。所轄省庁や電力会社は、暴力団を使って隠蔽を図る。元刑事が拳ひとつで環境犯罪に立ち向かう熱きシリーズ第5弾！

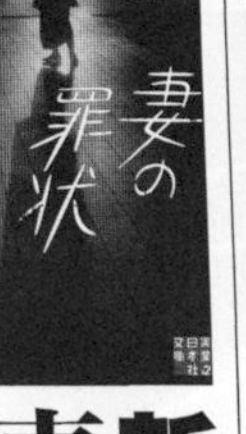

新津きよみ
妻の罪状

定価792円（税込）978-4-408-55696-3

いちばん怖いのは、家族なんです——遺産相続、空き家、8050問題……家族関係はどんでん返しの連続。名手によるホラーミステリ7編収録のオリジナル短編集！

北川恵海
真夜中のメンター 死を忘れるなかれ

定価748円（税込）978-4-408-55689-5

彼の肩書はメンター。自殺志願少年、足を引っ張りたい女など、客の相談を聞き、解決に乗り出すが……。すべての悩める人に贈る、人生応援ストーリー！

倉阪鬼一郎
24時間走の幻影

定価814円（税込）978-4-408-55690-1

24時間耐久マラソンレース。真夜中になるとコースに怪しさが漂いはじめ、そこに現れたのは……。本格ランナーの著者が描く、不思議で切ない感動ストーリー。

実業之日本社文庫

ます。

©山下以登

睦月影郎
淫ら新入社員

定価748円(税込) 978-4-408-55699-4

書き下ろし

女性ばかりの会社『WO』。本当の採用理由を知らされずに入社した亜紀彦は、美女揃いの上司や先輩を相手に、淫らな業務を体験する。彼の役目とは――。

沢里裕二
処女総理

定価770円(税込) 978-4-408-55693-2

中林美香、37歳。記者から転身した1回生議員。彼女のもとにトラブルが押し寄せる。警護するのはSP真木洋子。前代未聞のポリティカル・セクシー小説!

中得一美
嫁の甲斐性

定価770円(税込) 978-4-408-55695-6

書き下ろし

晴れて年季が明け嫁いだが、大工の夫が大怪我。借金返済のため苦労を重ねる吉原の元花魁・すずの数奇な半生を描き出す。新鋭の書き下ろし新感覚時代小説!

小鳥居ほたる
あなたは世界に愛されている

定価770円(税込) 978-4-408-55691-8

書き下ろし

不器用な娘と母は、時を超え、かりそめの姉妹になった。それは運命のいたずらか、それとも愛の奇跡か? 切ない想いが突き刺さり号泣必至、あたたかい絆の物語。

推し本、あ

定価770円（税込）978-4-408-55697-0

西村京太郎
出雲（いずも）伝説と木次（きすき）線

十津川警部

神話の聖地の静寂に銃声が響く！

の神社を消せ、さもなくば人質は全員死ぬ！

走るトロッコ列車がトレインジャックされた。

羽田圭介
5時過ぎランチ

ヤバい仕事の後は腹が減る――

ガソリンスタンドの女性ベテランアルバイト、アレルギー持ちの殺し屋、写真週刊誌の女性編集者……二人が遭遇した限りなく過酷で危険な〈お仕事〉とは？

5時過ぎランチ
羽田圭介

定価759円（税込）

※定価はすべて税込価格です（2021年10月現在）13桁の数字はISBNコードです。ご注文の際にご利用ください。

しかし、台所には鍋に入ったお粥が、そして冷蔵庫の中にはうさぎの耳がついたリンゴが、まるで彼女がいた証拠のように残されていた。

熱はそれから三日ほどで下がった。

しかし事態は思いもよらなかった方向へと急変した。

「ワタソン君、ニュースを見ているかい」

電話口のアダムソンは言った。

ニュースでは連日、新種のウイルスについて報道がされていた。

「僕……タイミング的に検査を受けたほうがいいのでしょうか……」

「可能性はゼロではないだろうけれど……今はまだ情報が少なすぎる。とりあえず解熱してから二週間は自宅待機にしよう。必要な物資は届けるから安心して。あと毎日の体調を電話連絡してもらえるかな」

アダムソンの声は、穏やかな凪（なぎ）のように僕の気持ちを落ち着かせてくれた。

翌日、アダムソンは宣言通り、物資を届けてくれた。僕らは部屋の中と外で通話をした。

玄関を開けたらすぐそこにいるのに、直接顔を見るどころか会話することすらままならない。奇妙な感覚だった。けれど、台所のすりガラスの窓越しに見えるアダムソンの背の高いシルエットは、何よりも僕を安心させてくれた。

熱は四日目には三十六度台まで下がっており、風邪の症状は一週間たたずに完治したように思えた。だが、その後アダムソンと物理的に「対面」したのは、そこから更に三週間たってからだった。万が一のことを考え、僕が会うのを拒否し続けた。

三週間後、僕はようやく玄関を開けた。

約一月ぶりに見るアダムソンは、初めて目にするマスク姿だった。

物資を持ってきてくれたアダムソンを玄関へ迎え入れた時、彼は黙って手を差し伸べた。僕は少々照れくさく思いながらもその手を摑み、握手した。

次の瞬間、彼は僕の手を引き寄せた。突然のことに反応できなかった僕は、そのまま彼の腕の中に収まってしまった。

普段ならすぐに突き離し「なにしてるんですか」と冷ややかな視線を送っただろう。けれど、その時だけは僕は動けずにいた。

それは間違いなくアダムソンからの慈愛の抱擁だった。

触れ合えることがこんなにも尊いことだと、人の肌がこんなにも熱を持っているものだと、今さらながらに知った。

そしてさらにその半年後、約二十年ぶりに母親とも抱擁を交わすこととなるのだが、それが自然とできたのも、アダムソンとの抱擁で、そうすることに対する免疫をつけていたからだろう。そうでなければ僕は母との抱擁などとてもできなかったと思う。

ただ、母はいわゆる高齢者に近い年齢なので、抱擁したのはその一回きりで、あまり密着しないごく軽いもので、ごく短い時間だった。それでも、その時の温度を僕は一生、本当に死ぬ間際まで一生、忘れないと思う。

アダムソンとの再会を果たしたその翌日から、僕は出勤していた。

しかし世間の様相は日に日にパンデミックへと近づいていた。そしてたった数日後のことだった。全国に緊急事態宣言が発令された。

僕は、アダムソンとも、誰とも会えなくなった。

毎日、繰り返される「不要不急の外出を避けてください」という音声。

あれほど人であふれかえっていた街から、人が消えた。

まるでＳＦ映画の世界だった。画面の中では、フィクションとしては何度となく目にしたのかもしれない。そういった意味では僕らは何度も疑似体験をしているはずなのに。それなのに、誰にも正解がわからない。

家から出てはいけない。これはまさに異常事態だった。この国の、いいやきっと世界中どの国の人たちも経験したことのないような異常事態。人類はこれだけ歴史を重ねてきたのにもかかわらず、圧倒的に経験も知識も足りなかった。経験とはこれほど重要なものだったのかと、未知とはこれほど恐ろしいものだったのかと、僕らは身につまされた。

世間はリモートワークを取り入れ始めた。経済が止まり、同年東京で行われる予定だったオリンピックは、オリンピック開催以来初の延期となった。まさかこんな理由でオリンピックが開催されないなんて、予期した人がこの世にいただろうか。

アダムソンは緊急事態宣言が出されているさなかもずっとリモートで『お客』との面談を続けていた。

彼は「私は対面することを重要視していたけれど、お互い家から出なくてよいのも、形としては有りだね。むしろこの形でなければ出会えない人もいたとわかったよ」と笑ってみせた。

こんな事態になっても、アダムソンはそこから何かを学ぼうとしていた。

彼が文字通り寝る間も惜しんで働いていたと知ったのは、もっとずっと後のことだ。

File4

刃物男

数か月ぶりの出勤だった。駅から十五分いつものように歩いて、事務所のあるビルの前についた。

「あ、そうだ」

たくさん面倒をかけたお礼をかねて、まずはいつものアレを買っていこう。そう思って途中まで上がりかけた階段から地上へ戻った。下り切ったところですぐ、違和感を覚えた。

「あれ？」

いつもでているたい焼き屋の暖簾（のれん）が見当たらない。いつも列ができていたその場所はガランとしていた。まさか場所を忘れてしまったのか。そんなはずはない。何度か通りを行ったり来たりうろうろして、僕はようやくシャッターに張られた一枚の紙に気が付いた。

『誠に勝手ながら、当面のあいだ臨時休業とさせていただきます。またいつか皆さまと再会できますことを心から祈っています。どうか、お元気で。店主』

道路に面した場所で、客から見える場所で、いつも店主は笑顔でたい焼きを焼いていた。それが今回はあだとなったのだろう。威勢のいい声も、たい焼きの焼ける匂いも、もしかしたらもう二度と戻ってこないのかもしれない。

未知との遭遇による得も言われぬ不安。どうにもしんみりとした気持ちを抱え、僕は事務所があるビルの階段を上がる。どこからか甘い香りが漂っている気がした。たい焼き屋は閉まっているのに、どこからだろう。不思議に思いつつも僕はそのまま階段を上がり、扉を開いた。

開いた扉の隙間から、バターのいい香りが一気に広がった。間違いなく中からだ。

急いで中に入りキッチンを覗くと、アダムソンが何やらコンロに向かっていた。彼が食パン以外のものを焼いている姿を僕は初めて見た。

「おはようございます」

「ああ、おはよう。いい朝だね」

アダムソンの手には小さめの鉄製フライパンが。バターとバニラエッセンスの甘い香りはそこから漂っていた。

「もう昼です」

「いい昼だ」

アダムソンは器用にクルリと小さめのホットケーキをひっくり返した。パタンと軽やかな音を立てたホットケーキの表面はこんがり美しいきつね色をしていた。

その色と香りに、大人気なくなんだか少しワクワクした。テーブルにはコーヒーカップと白い皿。それにフォークとスプーンが用意されていた。

「あれ、ナイフも出しましょうか?」

僕が尋ねるとアダムソンは「ノンノン」と人差し指を横へ振った。

「イギリス式パンケーキだよ。ナイフの代わりにスプーンで切って食べるんだ」

「へえ、そうなんですか。それにしても珍しいですね、ホットケーキなんて」

「パ・ン・ケーキ」

アダムソンは軽やかな手つきで薄くて小さめのホットケーキ、いやパンケーキをフライパンから皿に載せた。

「どう違うんですか?」

「薄くて……、おいしい」

「ホットケーキもおいしいですよ」

「私はこのスタイルが好きなんだ。それはそうとワタソンくん、今日大変なことがあったんだよ」

どうせ大したことではないだろうなと思い、僕は珈琲(コーヒー)を淹れる準備をしながら「はい、なんでしょう」と返した。

ため、僕は精神を珈琲の抽出へ集中させた。

「私は最初からパンケーキ派なんだ。小麦粉で作る、薄くて何枚でも食べられてしまうあっさりもっちりきつね色に焦がされたパンケーキ。これを何枚も重ねてパンケーキの山をつくり、その目の前の山を眺めながら好きなだけパンケーキを皿に取って食べる。これこそ至高の時間なんだよ」

いつの間にか最後の一枚を焼き終えたアダムソンは、高く重なったパンケーキの山が載った大きな皿をテーブルへ運び、ちょうど真ん中に置いた。

「さあ、素敵なブランチの時間だよ」

「ブランチというか、完璧なるランチの時間ですね」

時計はぴったり十二時を指していた。

「さあさあ、温かいうちに」

アダムソンは待ちきれない子供のようにワクワクした様子で「いただきます」と早速パンケーキの山にフォークとスプーンを伸ばし、器用に挟んで自分の皿に一枚置いた。

僕も「いただきます」と、アダムソンに続いて真似(まね)をした。

初めて食べた薄いパンケーキは、確かにもっちりしっとりしていてあまり甘くなく、とても食べやすかった。

「案外、人って非常時にもすんなり対応できるんですね。もっとパニックになるものかと思っていました。家族でホットケーキを焼くくらいの対応力があるんだなあって、ちょっと感心しましたよ」

「人は、慣れる生き物だからね」

しみじみとそう言いながら、アダムソンは何やら缶をパキュッと開けた。

「なんの缶詰ですか？」

「これかい？」

アダムソンはふふふと不敵な笑みを浮かべ、缶の中から黒い物体をすくいだし、それをパンケーキの上にべちゃっと載せた。

「それ、まさか……」

「あんこだよ」

アダムソンは満面の笑みで答えた。

おいおい、イギリス式はどこへいった。

「まさか、あのたい焼き屋が閉まってしまうなんて。くそ、ウイルスめ」

アダムソンは苦々しく眉根を寄せた。

「アダムソンさん……あなた絶対、それがしたくてパンケーキ焼いたんでしょ」

いつの間にか、アダムソンの目の前には牛乳の入ったグラスも準備されていた。

「ていうかそれじゃ、たい焼きじゃなくってドラ焼き……」

「ああ、美味しい！　あの店にはかなわないが、これはこれで趣があってまた……うん、なかなかいいじゃないか。やはり私は天才だな。この薄さとあんこのバランスが……うん、天才だな」

ダメだ。あちらの世界へ行ってしまわれた。今は何を言っても彼の耳には届かないだろう。

「たくましいっすね、人間は」

僕は呆れながらも、アダムソンの目の前にあるあんこに興味をそそられてなるものかと、虎のバターを想像しながらパンケーキを食した。

「いつか、この事態も終わるよ」

ふと、アダムソンが呟いた。

「だといいですけど」

「必ず、いつかは終わるよ。人類はこんなことで挫けないさ」

珍しく真面目なトーンだった。

「きみが言った通りだよ。逞しいんだ、人間は」

そう言ってアダムソンは、自作のたい焼き、ならぬドラ焼きもどきに、嬉しそうに舌鼓を打っていた。

翌日、土曜の昼下がりのことだった。いつも通り『悲愴』が流れる〝メメントモリ〟だが、その日は様子が違っていた。

「大変残念ではありますが、どうぞお帰りください」

珍しくアダムソンの冷徹な声が響いた。

「話を聞くって言ったじゃねえか！」

男は今にも殴り掛からんばかりに顔を真っ赤に染めていた。

僕は二人のそばでオロオロしていたと思う。アダムソンは泰然と構えていた。

「私は話を聞くとはいいましたが、あなたのサンドバッグになるとは申し上げておりません。もしあなたが話を聞く＝サンドバッグになると認識されているのだとすると、その考えはとても危険です」

男は額に青筋を立て、ワナワナと肩を振るわせた。

「俺は愚痴を吐くことすらできねーのか。その為に金払ってきてるんだろう。愚痴を聞くのがお前の仕事だろう！」

　どれくらいになったら止めに入るべきなんだ。というか、これ僕には止められないだろう。アダムソンを見ると、彼はいつも通り安楽椅子に深く座り、だが足は組まずにいた。

「言霊（ことだま）という言葉をご存じでしょうか」

　アダムソンは努めて冷静な声を発した。

　男は「ハア!?」と語気を強めた。

「言葉には魂が宿ると言われております。私もそう信じています。悪意ある言葉は毒となり、受け止める人を蝕（むしば）んでゆく。愚痴を、あなたの言葉は愚痴ですらありませんが、ネガティブな言葉を一方的に投げつけてしまえば、相手はその言霊を受け取りきれなくなります。そして話を聞いてくれようとした優しい人たちは、毒に侵されまいとあなたの傍（そば）から去ってゆきます。きっと何も言わずに、ただ静かに去ります」

　男は話の途中で何度か声を上げかけたが、アダムソンの冷然とした態度はそれを許さなかった。それとは対照的に、僕はいつでも警察を呼べるように離れたキッチンカウンターの下でスマホを握りしめていた。少しでも近くにいたほうがアダムゾンをかばえる気がしたのだが、アダムソンはそれも許さなかった。僕がもう少し近づこうかと身を動かすだけで、彼は有無を言わせぬような鋭い視線だけで僕を制したのだ。

「俺はそういうオカルト的な話は一切信じない性質(たち)なんだよ！」

男がようやく詰まっていた言葉を吐き出した。

「いつの間にか、あなたの傍からいなくなった優しい人たち。身に覚えはございませんか？」

男の顔色が一瞬で変わった。

人は図星を突かれた時、ギョッと目を見開き、喉をグッと詰める。

さっきまで真っ赤だった男の顔は、怖いくらい冷静さを取り戻し、その顔色はむしろ青白く見えた。

「金払って説教を聞きにきたわけじゃねえ……！」

男の声が上ずった。

ここへ来てからずっと、男の主張はこの一点張りだった。金を払っているから客。客だから何を言ってもいい。まったく破綻した理論だが、この男の中では定(じょう)説(せつ)だった。

「ではもう少し具体的に想像しやすいように話してみましょう。よく聞く言葉でしょうが、言葉は時にナイフになります。あなたは今、手にしたナイフをふりましているのと同じ状態です」

男は小馬鹿にしたように鼻で笑った。

「大袈裟（おおげさ）なんだよ。あんたは今まで一度だってイライラしたことがないのか？人間なんだから苛立（いらだ）つ時だってあるだろうが！」

「はい、あります」

それはまさしく今だろう。こんなに厳しい表情のアダムソンを僕は初めて見た。

「そうだろう⁉」

男は鬼の首を取ったように言った。

「ですが、それが何か？」

アダムソンは顔色一つ変えなかった。

「はあ？」

男の顔が、再び火がともったように赤く燃えはじめた。

「私も人間ですから苛々することはあります。ですが、それがなんだというのです。苛々するからナイフを振りかざしてもいいと？　その理屈、どこかできましたね。そうそう去年の今頃この近くであった通り魔事件ですよ。イライラしたから誰でもよかったと言ってナイフを振り回し、誰でもいいと言いながらも力の弱そうな女性と子供に狙いを定めて切り付けたのでしたね。確かネットで刃物男と呼ばれていました」

「あんた、俺を馬鹿にしてんのか」

これはまずい。僕は直感的にそう思った。男は怒りでうち震えていた。

しかし、それでもアダムソンは窮しているようには見えなかった。

「手にしたナイフで傷つけてしまうのは、いつだって手が届く範囲にいる人たちです」

アダムソンの声は、切なさを含んで訴えかけた。

「そして、一般的に手が届く範囲にいる人たちとは、あなたにとって、とても大切な人たちである可能性が非常に高いのです」

驚くことに、男は黙った。男がこの部屋に来てから初めて、静寂が流れた。

「……俺はナイフをもっていない」

男の声は低く、いくらかの平静さを滲ませていた。

「本当ですか？」

「本当だ。ただちょっと、この場所をそういう〝愚痴吐き場〟だと勘違いしただけだ」

「しかし私にはずっと見えていますよ、あなたの手にあるナイフが。それはもうはっきりと」

アダムソンは臆することなく続けた。

「あなたはここへ来てからずっとそのナイフを私に向けて振りかざしている。そんな危険人物、誰だって近寄りたくありません。お帰りいただくのは当然の自己防衛です」

語気がいつもより強い気がした。せっかく男が冷静さを取り戻しつつあるというのに。僕はハラハラしていた。

「実際に暴力をふるったわけじゃないだろう」

危惧した通り、男は少し語気を強めた。

「ナイフを振りかざしているのに？」

アダムソンは更に男を追い詰める。

「言葉はナイフじゃねえよ！」

とうとう男は声を荒げた。

「言葉はナイフです！」

アダムソンの怒気を含んだ声が、部屋に反響した。

それはこの部屋中の空気を止めるのに、十分な迫力だった。

「切り付ければ相手は痛みを覚え、目には見えない血を流し、人を殺めることさえできてしまいます。言葉は、立派なナイフなのです」

興奮していたこの男も、僕も、息をするのを忘れるほどだった。しばしの静寂が流れ、ようやく男はなんとか口を開いた。

「……詭弁だ」

「事実です」

アダムソンは間髪入れず答えた。

「俺はそういった詭弁が大嫌いだ」

男は立ち上がった。僕は一瞬、身構えた。

「もういい。こんなところへ来た俺が馬鹿だった」

男がドスドスと大きな音を立て玄関まで歩いた。男が扉に手をかけた瞬間、アダムソンは口を開いた。

「本当にいいんですか？」

「はあ？」と、男は振り返った。

「このまま帰って、本当によろしいのですか？」

男は開いた扉に手をかけたまま、声を張った。

「あんたが帰れって言ったんじゃないか！」

「ですが、本当はもっと相談したいことがあったのでは？」

アダムソンは言葉を切り、一度息を吸った。

「もっと緊急度の高い、とても大切なことを」

男は引きつった口元で「何もありませんよ」と呟き、勢いよく扉を閉めた。

男が去った後、アダムソンは「ふー」と声に出して背もたれに体を預け、だらりと足を伸ばして座った。珍しい姿だった。

「本当にお疲れさまでした」

僕はと言えば、まだ心臓をバクバクさせたまま、なんとか平静を保とうとハーブティーを淹れようとしたものの、ティーポットに湯を注いでから湯がすっかり冷めきっていることに気づく体たらくだった。平和そのものに優雅にパンケーキを食べていた昨日を、まるで遠い昔の出来事のように思い出した。

「ああ、茶葉が……」

ティーポットの中のカモミールは、ほとんど水のぬるい湯に浸ってしまった。

「たまには私が淹れよう」

気づくとアダムソンが隣に立っていた。

彼はアンティークの銀のやかんを火にかけると、冷凍庫から何やら取り出し、それを電子レンジに入れた。一分後、バニラエッセンスの甘い香りがレンジから漂い始めた。

「昨日のパンケーキの残りを冷凍しておいたんだよ。さあ、ティータイムにしよう」

アダムソンは爽やかな笑顔を向けた。

翌日、出勤するやいなやアダムソンは言った。

「今日は、お出かけしましょう」

どこに行くのか、アダムソンは教えてくれなかった。

電車を乗り継ぎ、とある一軒家の前でアダムソンは止まった。

「ああ、ここだ」

表札には館山（たてやま）と書かれていた。

「ここは？」

「昨日の彼の自宅だよ」

こともなげにそう言って、アダムソンはチャイムに手を伸ばそうとした。

「⁉」

僕は既(すんで)のところでその手に飛びついて止めた。

「え、誰って言いました⁉」

「昨日きた、あの男性だよ」

アダムソンはしれっと言ってのけた。僕は混乱した。

「いや、ちょっと色々言いたいことはありますけど、まずなんで自宅の場所を知ってるんですか？」

アダムソンはニヤリと笑った。

「彼、どうやらネット環境にはうといようだね。SNSに位置情報がばっちりのっていたよ。それは教えてあげないと、危険でしょう？」

「え、わざわざSNS探したんですか？」

ストーカーみたいだな……。

そう思ったのが伝わったのか、アダムソンは慌てて言った。

「そんな顔しないでよ！　わざわざ探したってほどじゃないよ。だって彼、前にメールくれてたんだもの。そこから芋づる式……いや、紐づいていたんだよ、情報が」

「メール……？」

「覚えてない？　部下のことを相談してくれた人だよ」

どのメールのことだろう。考えを巡らせていると、アダムソンがためらいなくチャイムを押した。

「えっ!!」

ピンポーンと音がして、インターフォンから「はい」と男の声がした。

僕たちを見た男は、それは驚いていた。しかし予想外にも、男は僕たちを家に招き入れてくれた。

「散らかっていますが……」

男の態度は、昨日とは比べ物にならないほど落ち着いていた。

僕らはソファに案内された。目の前の小さなテーブルを埋め尽くすほど置いてあった荷物を、男は急いでまとめてどこかへ持っていった。

白を基調とした爽やかなインテリアの室内だった。しかし立派なダイニングキッチンには、食べたままの食器やインスタント食品の包装などが散らばり、明らかに荒れ果てていた。

男は慣れない手つきでインスタントコーヒーを振る舞ってくれた。

「奥様は、お出かけですか？」

アダムソンが口を開いた。

男は「ええ、まあ……」と口ごもった。

この荒れ果てた部屋の様子で、鈍い僕にでもわかった。

男は黙って珈琲をズズッとすすり、やがて観念したように話し始めた。

「実は……妻は私の実家に帰っておりまして……」

その声は、昨日とは別人のように弱々しかった。

「このウイルスの影響で、ですか？」

アダムソンが表情を変えずに尋ねた。男は何も言わなかった。

「奥様は、出て行かれたのですね？」

アダムソンがズバッと切り込んだ。僕は驚いてアダムソンを見た。

「そんな大袈裟なものでは……よくある、些細(ささい)な喧嘩(けんか)ですよ……」

言葉とは裏腹に、男の声は今にも消えそうなほど小さかった。

「まあ、出て行かれても不思議ではないでしょう」

アダムソンの暴言ともいえるセリフに、僕は「ちょっと」とたしなめた。

しかし男はいたって冷静に「どうして、そうだと思われたのですか？」と、アダムソンに尋ねた。

アダムソンはそんな男に向かい、緩やかに微笑んだ。

「なに、とても簡単なことです。昨日来られた時のあなたの態度。私があなたの妻なら一瞬で愛想をつかすほど酷かった」

「ちょっと……！　さすがに言い過ぎでは……」

僕は思わず口を挟んだ。

「いえ、いいんです。おっしゃる通りだ」

男は深い溜息をつき、大きく項垂れた。アダムソンはそんな彼の様子を、観察するようにじっと見つめていた。

「きっかけは、何だったのですか？」

アダムソンは打って変わって穏やかな口調で尋ねた。

男はまた一つ、溜息をついた。

「きっかけは、本当に些細なことだったんです。私の部下の育休です。男の部下です。私は本当に何気なく、そのことで妻に愚痴を吐きました。男が育休なんてとって何になるんだ、乳がでるわけじゃあるまいし、と。確かそんなことです」

男はまた大きな溜息をこぼした。もう自分でも気づいていないのかもしれない。

「すると妻は見るからに不機嫌になって……。その態度に私も腹を立てて言ったのです。なんで他所（よそ）の家庭のことでお前が不機嫌になるんだ、と。すると妻は『その言葉、そっくりそのままお返しします』と」

男は自嘲するように口の端を持ち上げた。

「驚きましたよ。妻はどちらかと言うと大人しい性格で……私に意見することもほとんどありませんでした。今とは時代も違いましたから、私は外で働き、妻は家を守る。そうして今までなに不自由なく暮らしてきて、ここへきて突然の反抗です。そりゃあ、このウイルスのせいで一緒にいる時間も増えて、妻も思うところはあったのかもしれない。けれど、それならそうと言ってくれればよかったのに。一体どうして他所の家庭のことで急にあんなに怒ったのか……」

男はもう何度目かわからない溜息を落としながら項垂れた。

「私が思うところをお話ししてもよろしいでしょうか？」

アダムソンが静かに語りかけた。男は少し顔を上げ「もちろんです」と力なく言った。

「私が思うに、まず先ほどの言葉の中に、すでに思い違いがいくつもあるようです。書きながら説明しましょう」

僕はリュックの中から急いでペンと紙を取り出してアダムソンに渡した。

「いいですか、館山さん。先ほどのあなたのセリフです。あなたが思う奥様は、『なに不自由なく暮らして』そして『突然の反抗』それから『他所の家庭のことで』最後に『急にとても怒った』です。これら全て、違うのではないかと私は思います」

男は驚いた表情を見せた。

アダムソンは「書き換えてみましょう」とペンを走らせた。

「まず奥さまは、『今まで我慢を重ねながら暮らして』そして『ようやく意志を現し』それから『過去の辛かったことを思い出して』最後に『とうとう堪忍袋の緒が切れた』のではないでしょうか」

男はそう書かれた紙を見ながら、言葉を失っているようだった。

「さて、これを前提として、いよいよ本題に入りましょう」

アダムソンはパンと手を打った。

「あなたは昨日おっしゃいました。『ここは愚痴吐き場だと思った』と」

男は「あ」と声を出した。

「……申し訳ない」

それは彼から聞いた、初めての謝罪の言葉だった。

アダムソンはその言葉に相好を崩した。

「いえいえ。それはある意味正解ですよ。ここは〝愚痴破棄場〟なのです」

アダムソンは紙に『愚痴破棄場』と書いた。なるほど、言葉遊びだな。僕は素直に感心した。

「あなたの愚痴を破棄するためなら、私は尽力します」

アダムソンは、いつもあの場所でそうするように悠然と微笑(ほほえ)んだ。

ようやく男の表情が、ほんの少し緩んだ。

「あなたは以前、私にメールをくださいましたね？　動画配信チャンネルへのメールです」

アダムソンはバッグの中から何かをプリントアウトした紙を取り出した。

「ええと、これだ……『私は最近の若者についていけません。例えば、上司が職場に残っていても先に帰ってしまう。朝は上司より遅く出勤してくる。残業を断ることがある。飲み会に参加しても途中で帰ってしまう、などなど羅列すればきりがありません。私はどうしてもそれを見ていてあり得ないな、という気持ちになってしまいます。私の考え方が古いのでしょうか。どうか、メンター様のご意見をお聞かせください』これはあなたのメールですね？」

思わず「あ！」と声を出した。この内容、覚えがある。視聴者たった三名だった、あの動画配信。あの時のメールだ。

「とても丁寧な言葉で綴られています。自分が間違っているのではないかと、自らの感覚に不安を覚え、心配しておられます。まるで昨日のあなたとは別人のようで、当初私は面食らいました」

男は「面目ない……」と目を閉じた。

「なぜ、あなたの態度がこうも変わってしまったのか。推測でしかありませんが、多くの原因はストレスでしょう。誰もがこの世界的なパンデミックを経験しストレスを抱えています。特に突然の勤務体制変更に強く戸惑う社会人の割合は、勤務年数の長いベテランに多いとも言われております」

男は観念したように、項垂れた。

「おっしゃる通りです」

そう言うと、男は堰（せき）を切ったように話し始めた。

「新種のウイルスでリモートワークになりました。そのメインとなって環境を整備したのは、あろうことか先日メールで私が愚痴を吐いた部下です。私はそのシステムになかなかついていけず、まるで役立たずだ。たった一夜にして完全に立場が逆転してしまった。もう立つ瀬もない。若い社員はこぞって無駄な仕事がなくなっただの、やりやすくなっただの、効率が上がっただの言って、もっと新しいシステムを構築してはどうかと、水を得た魚のように生き生きと仕事している。ついていけない古い人間は用なしですよ。上も上で、飲み会にすら参加しなかったろくにコミュニケーションを取る気がない若手の意見を重宝するようになった。俺たちが今まで時間を割き、身を粉にして積み重ねてきた信頼関係とは一体なんだったんだ」

アダムソンは一切口を挟まず、かと言って男の主張を否定することもなく、ただ相槌（あいづち）を打っていた。

「それに加えて男尊女卑だ、男女平等だ、時短勤務だ、育児休暇だ。こんな時世に若い社員が育児休暇を申請しやがった」

なるほど。それが冒頭の喧嘩に繋がったのか。

「男だぞ。そんな休暇を使って一体何ができるってんだ。乳がでるわけじゃあるまいし。それは本心です。あなたもそう思いませんか」

アダムソンは「私はそうは思いません」と、一刀両断にした。

「逆に、それ以外にできないことって何なのでしょうか」

男はわかりやすく「えっ」と、驚きの声をあげた。

「お乳がでない、それは哺乳類としての雄の仕様ですから仕方がない。そもそも現代には質が良く栄養バランスの取れたミルクがあるので、お乳が出ないこと自体は何の問題にもならないでしょう。けれど『母乳を乳房から直接与える』以外で男性にできない育児とは、いったいなにがあるのでしょう。私にはちょっと思いつきません」

突如、饒舌になったアダムソンに、男は少々面食らっているようだった。

「それは……あるでしょう……母親の愛情でないといけないことも」

しどろもどろになっている男に、アダムソンは更に追い打ちをかけた。

「もちろん得手不得手はあるでしょう。それには多少、性差による偏りもあるのかもしれません。しかし料理人に男性が多いように、パティシエに男性が多いように、介護職に多くの男性が従事しているように、エアコンクリーニングを頼むと大抵男性がやってくるように、それは本当に性差による得手不得手なのでしょうか。最近では看護師や保育士にも男性が増えています。家庭の中での料理や掃除や介護や育児は女性が得意というのは、本当でしょうか。ただの知識や経験の差ではないのでしょうか。父性の強い男性もいれば、母性の弱い女性もいます。それは性差ではなく個人差です。筋力に差があるとか、生殖機能に違いがあるとか、そういった意味での性差はもちろんありますが、あなたが思っていらっしゃるほどの大きな性差というのは、実は存在しないのかもしれません。要するに、男性社員が育児休暇を取ることは、その家族にとってはとても意味がある、必要なことだと思うのですよ」

よく息が続くなと感心するほどアダムソンは饒舌だった。

男はすっかり口をつぐんでしまっていた。アダムソンは構わず続けた。

「むしろ育休が取れるあなたの会社は優良企業ですよ？　新型ウイルスに感染しても有給も使えないような劣悪な環境の会社ではなくてよかった。その福利厚生はあなたもどんどん利用すべきですし、そんな企業に入社できたあなたはきっと幸運であり、当然のことながらとても優秀な人材なのでしょう」

ここでアダムソンはコーヒーカップに手を伸ばした。それを見た男は少しほっとしたように、同じようにカップに口をつけた。

「今、少しずつ世の中が変わってきています」

アダムソンは一息つくと、語るスピードを落とした。

「そのうえパンデミックによる世界的な危機が訪れて、社会も大きく、しかも急速に変化しています。それに戸惑う気持ちは、よくわかります。しかし問題は一つずつ違う。それを全て一緒くたにして考えては、混乱するのも当たり前です。その混乱が苛立ちへと繋がるのです。違う問題には、違う対処の仕方がある。緊急性の高いものから、一つずつ順番に考えましょう」

「そう、ですね……」

男はもうすっかりアダムソンのペースだった。

「まず受け入れるしか術がないのは、リモートワーク活用による勤務形態の変化ですね。これは緊急かつ避けようがない」

「たしかに……」

男は神妙に頷いた。

「そこで私からの提案です。いま長けていないことを一朝一夕で得るなど不可能。

それができればただの天才です。今ごろきっと億万長者になっているはずです。それはスッパリ諦めて、業務に支障がでるのであれば、わからないことは素直に部下に尋ねるというのはいかがでしょう」

「ですが……！」

男の顔が強張(こわば)った。

「恥ずかしいですか？　しかしそれを恥ずかしいと感じるのは本人だけ。周囲の人間は、その姿勢をむしろ評価し歓迎するでしょう」

「いや、でも……」

「ワタソンくん、私がきみに何かを尋ねることは、きみにとって億劫(おっくう)かい？」

突然話を振られた僕は、相変わらず「いや、まあ」と曖昧な返事しかできなかった。アダムソンはそんな僕に「正直にね」と返答を促した。

「億劫なことも……正直、ありますよ？」

男が「ほら」とアダムソンを見た。

アダムソンは特に動じず「たとえば？」と僕に次いで尋ねた。

「タイミング的に面倒だな、とか。ちょっと待ってほしいとか」

「なら素直に待てば問題ない、でしょう？」

僕は「はい」と頷いた。男はやはり腑に落ちない顔をしていた。

「あ、でも尋ねられて決して悪い気はしませんよ。少なくともわからないまま苛々されるよりは面倒くさくないし。素直な人だなと思うし、この人は自分を頼ってくれるんだなって感じます。そうするとちょっと愛着……と言っては大袈裟ですが、少なくとも嫌悪感は抱きません。僕は」

アダムソンは「ですって」と、男を見た。

「人間は慣れる生き物です。そのせいか、そもそも変化が苦手な人が多いように感じます。しかし、変化を受け入れなければ何も始まりません。変化の波は大きなものです」

男はもはや茫然とアダムソンを見ていた。

「まずは、あなたが社内で生き残る術を考えましょう。あなたの会社はすでに回り始めている。回り始めた巨大なコマを無理に止めようとしたってまず止まりません。あなたが弾き飛ばされるだけです。それならいっそ、あなたもそのコマに乗ってしまうのはいかがでしょう。変化を怖がらず、進んで受け入れてみる。慣れるまでは苦痛であっても、そのコマはきっとあなたの進む道を開くはずです」

アダムソンは声高らかに言った。

「要するに、人を自分に合わせて変えるのではなく、自分が変化してゆくのです」

「変化する……私にできるでしょうか」

男は情けなく呟いた。

「やろうと思えばさほど難しいことだとは思いませんよ。ただ〝やろうと思うこと〟が難しいかもしれません。けれど、今のあなたはやる気に傾いているはずです。少なくとも、昨日あの場所へ来た時よりは」

アダムソンは片目を軽く瞑って見せた。

男はバツが悪そうに視線を外した。

「何よりあなたには、家族という心強い味方がいるではありませんか」

アダムソンがいい笑顔を向けた。

男は「ですが……」と口ごもった。

「お子様はおひとりですか？」

そう言ったアダムソンの視線の先には、たくさんの家族写真が、埃を被ったまま棚の上に飾られていた。僕はそこで初めて写真があることに気づいた。

驚いたことに、男も僕と同じような、初めてそれに気づいたような顔をした。

「そう……です。今はもう巣立ちましたが……」

「ご立派に育てあげたのですね」

「私は……そうですね……。おっしゃらんとすることはわかります。私は、ろくに子育てもしてこなかった……」

男は消え入りそうなほど意気消沈して見えた。

「いえ、嫌味ではありません。心からそう思っています。あなたは外で働くことで家庭を支え、奥様は家庭を中から守ってこられた。それは一つの立派な家族の形です」

「しかし妻は、それが不満だったのでしょう……」

「奥様は一つの大きな仕事を終えたのです。長年勤めあげた職を辞したのです。私にもまだその気持ちはわかりませんが、ひょっとしたら人知れず虚無感のようなものに襲われていたのかもしれません」

男は神妙な顔で、膝の上で組んだ自分の手をじっと見つめていた。

「これはあくまで想像です。奥様の本当の気持ちは、奥様にしかわかりません」

アダムソンは、男を真正面から見つめた。

「館山さん。ご自身で考えてみてください。想像してみてください。奥様は一体、何に怒ったのか。あなたに何を望んでいるのか。夫婦といえど、家族といえど、違う個性をもつ一個人にすぎません。『家族の絆』なんて耳触りの良い言葉を過信してはなりません。壊れるときには、あっさり壊れてしまうのです」

男はしっかりアダムソンの目を見つめ返していた。

「だからこそ、対話が必要なのです。奥様があなたに意見をおっしゃったのでしたら、きっと対話することが可能です。まだ決して遅くはありませんよ」

男はスーッと大きく息を吸い、深く頷いた。

「この混乱の世を、一人で生き抜くのは大変ですよ」

アダムソンの深い声が、部屋に心地よく浸透していった。

それから二週間が経ったある日のことだった。事務所の扉がゆっくりと開き、再びその男が現れた。

「おや、休憩中でしたか。失礼しました」

男は僕たちを見るやいなや、眉を八の字に下げて言った。

「かまいませんよ。人が来ない時はいつでも休憩中のようなものです」

アダムソンはにこやかに男を椅子へと促した。

「ご一緒に珈琲でもいかがですか？　ちょうど淹れたてですよ。ワタソンくんは珈琲を淹れるのだけは上手なのです」

だけ、とはなんだ。だけ、とは。

「どうぞ、ご賞味ください」

カップをテーブルに置くと、男は「これはどうも」と頭を下げた。本当に、最初ここへ来た時とは別人のようだった。なんというか、纏(まと)っている空気が柔らかい。見た目は同じなのに、まるで同じ皮を被った別人格のような雰囲気だ。

「予約もせずにすみません。アダムソンさんには大変お世話になったので、ご報告できればと思いまして」

「大丈夫ですよ、わりと暇ですから」

アダムソンの代わりに僕が答えた。

「ワタソンくん、失礼だよ。私に」

アダムソンは僕を睨(にら)んだが、その目は笑っていた。

「実は先日、妻と話したのです」

男は気恥ずかしそうに切り出した。僕とアダムソンは一瞬視線を交わした。

男はそれには気づかずに話を続けた。

「本当に久しぶりに膝を突き合わせてとことん話し合いました。そこで妻にこう言われました。『あなたは昔から自分が正しいと思い込む節があった。けれど悪気はないとわかっていたから、私もなるべくあなたの機嫌を損ねないようにどこかずっと気を使ってしまっていた。あなたに意見することもほとんどなかった。今思うとそれもよくなかったのかもしれない』と。それから『パンデミックが起こってからは、あなたは常に苛ついていて、何か言うたびきつく当たられ、傍で心から安心できたことはひと時もなかった。子供も巣立ったし、正直離婚も考えていた』とも」

男は情けなく眉尻を下げた。

「ショックでした。そんなふうに思われていたなんて……。いや、そこまで追い詰めてしまっていたなんて。それから妻に具体的にどんなことが嫌だったのか聞きました。そしたらもう、でるわでるわ……」

男は自嘲気味に笑った。

「中でも心に刺さったのは『あなたはわたしを認めていなかった』という言葉でした。『育児を軽んじ、家庭は自分が支えていると思っていた』と。『いつも〝家族の為のお金〟ではなく〝俺の稼いだ金〟と言って、主婦は役立たずだと思っていたでしょう』とも。ようやく気づきました。私は長い間、妻を言葉のナイフで切りつけてしまっていたのだと。心の底から妻に申し訳ないと思いました。誠心誠意謝り、話し合いの結果、妻からは執行猶予をもらうことができました。妻の要求はたった三つでした。一つ、口を開くまえに一呼吸置くこと。二つ、イライラがおさえられないと思った時はとにかくその場を離れること。三つ、最低限、身の回りのことをできるようになること。そう難しくないことばかりです。私はただその言葉全てに頷きました。何度も謝罪し、これからは私も妻を支えられるよう努力すると約束しました。そうすると、最後に妻は……」

男は急に声を詰まらせた。

「妻は、穏やかな声で『もう一度だけ、あなたを信じてみる』と……。そう言ってくれました。そして『二度目はないからね』と、笑ってくれたんです。それはまるで、結婚した当初のような笑顔で。そこで初めて気づいた。妻は、もう長い間笑っていなかったと。私は、妻の笑顔が消えていたことにすら、気づいていなかったんです」

父親に近いような年齢の男性が背中をまるめ涙を流す姿に、どうにもいたたまれない気持ちになった。僕はティッシュの箱をそっと差し出した。彼は「ありがとう」とそれを受け取った。

「毎日顔を合わせていたのに。一番近くにいた人なのに。私は妻の顔を、ちっとも見ていなかった」

男はティッシュで強く目頭を押さえた。アダムソンは優しい目で彼を見ていた。

「いい言葉ですね。『もう一度だけ、あなたを信じてみる』なんて。もう一度、すなわち、あなたは過去に一度、奥様から信頼を勝ち得ているのです。だからこそ彼女は、生涯を共に過ごすパートナーにあなたを選んだ。羨ましい限りです」

彼はもうずっと涙を零（こぼ）していた。

「実は妻から手紙を預かってきておりまして……何が書いてあるのかは、私も知りません。お忙しいとは存じますが、どうか読んでやってください」

男は鞄（かばん）から、大事そうにクリアファイルに挟んであった手紙を取り出した。

「ありがたく、頂戴（ちょうだい）します」

アダムソンはそれを両手で受け取った。

男が帰った後、アダムソンは早速その手紙を広げた。しばらくして、アダムソンは僕に手招きして、その手紙を差し出した。

「読んでいいんですか？」

「きみは助手なのだから、事の顚末は知っておくべきだよ」

「では、失礼して」

僕は少々緊張の面持ちで手紙を広げた。そこには美しい文字が並んでいた。

『前略　メンター様
この閉ざされたご時世いかがお過ごしでしょうか。

先日は夫が貴殿に大変なご迷惑をおかけしてしまったと聞き、居ても立ってもいられず拙筆ながら手紙を書こうと思い立ちました。本来であればこちらから出向いてご挨拶をしなければいけないところなのですが、このような時世の中、高齢の義母の介護をしていることもありますのでお手紙にて失礼しますご無礼をお許しください。

お忙しいこととは存じますが、ご一読いただければ幸いです。

お恥ずかしい話ですが、ご存じの通り、私は家を出ておりました。しかしこんな折、当然行く当てなどなく、義母の家に身を寄せておりました。ちょうど義母が介助を必要としていることもありましたし、このまま私は義実家で、夫は自宅で、別居をしてもいいだろうと思っておりました。とにかく夫の傍にいたくなかったのです。

先週末のことでした。突然夫がやってきました。それもケーキと花束を抱えて。

結婚当初こそ、記念日にそういったことは何度かありましたが、この十数年花どころか誕生日のプレゼントすら貰(もら)った記憶がなかった私は、大変面食らいました。

夫はなんと玄関で膝を折り、私に謝罪を始めました。私は更に面食らいました。正直に申し上げて、夫が何かとんでもないことを（犯罪やそれに準ずることを）しでかしてしまったのではと思い、血の気が引いていくのを感じました。私はそれくらい、夫に対する信頼を失っておりました。

しかし話を聞いてみると、夫は今まで当然のようにとってきた、私に対するぞんざいな態度を詫(わ)びるばかりでなかなか肝心の話にいたりません。私はしびれを切らし、夫に「そんなことはいいから、一体何があったのか早く教えて」と詰め寄りました。すると夫は「メンターに会ってきた」と言いました。何のことやらさっぱりでした。恥ずかしながら私はメンターという言葉を知りませんでした。

要領を得ない夫の話を我慢強く聞いていると、どうやら夫は単純に妻である私に対して謝罪がしたいだけなのだということがわかりました。この時、本当に心の底からホッとして、私は玄関に座り込んでしまいました。

その後、私たちは週末の二日間を全て使って長い長い話し合いをしました。その中で久しぶりに、本当に久しぶりに、夫に本音をぶつけました。酷いことも、耳の痛いことも言いました。しかし夫はそれをただ黙って聞いてくれました。聞き流しているのではなく、真正面から私の積もり積もった不満を受け止めてくれているのがわかりました。お互いに意見を言い合い、隠していた本音も伝え合いました。結婚してから初めてのことだったかもしれません。

夫が買ってきてくれたケーキは、二日目の夜に自宅に戻って夫婦二人で食べました。消費期限が一日切れてしまいましたが、とても美味しくいただけました。

もう一つ驚いたことが。自宅が綺麗（きれい）に片付いていたのです。

夫は家事などてんでできない人でしたので、私は荒れ果てた家を覚悟していたのですが、聞いたところ丸一週間かけて片付けたと。仕事もあったのに、慣れない家事で大変だったと思います。しかし夫には「だから迎えに行くのが遅くなってしまいすまなかった」と、また謝られてしまいました。

私たちは、もう一度ゼロからではなく、マイナスから夫婦をやり直す覚悟を決めました。

上手(うま)くいくかどうかは、まだわかりません。けれど、賭けてみる価値はある。夫の変化を目の当たりにし、そう思うことができました。

メンター様、ありがとうございました。本当に何度感謝してもしきれません。いつか以前のように安心できる日常が戻った暁には、ぜひ主人と二人でご挨拶に伺わせてください。貴殿にお会いできる日を願い、それをひとつの励みとし、夫婦としての修復に励みます。

本当に、本当に、ありがとうございました。

かしこ
刃物男の妻』

「刃物男……」

僕は思わずクスリと笑った。

「私がそう呼んだんじゃないよ」

アダムソンが複雑な表情を滲ませた。

「雨降って地固まるといいですね」

僕の言葉に、窓際のアダムソンは柔らかく微笑んだ。

「ちょうど今日の天気のように、いつかこの世界もね」

窓から外を覗くと、雲の隙間から日差しが、濡（ぬ）れた地へと降り注いでいた。

File5

完璧な自殺

「なんだか最近、掃除ばっかりしていますよね」

僕はキッチンをピカピカに磨き上げながら言った。

「部屋がきれいになると気分も晴れるし、ウイルス対策にもなる。一石二鳥じゃないか」

アダムソンは窓辺に並んだ小さな置物を一つ一つ丁寧に磨きあげていた。

「それにしても、この前も掃除したのにまた大掃除だなんて……」

「ところでワタソン君、自粛前に話していたことを覚えているかい？」

突如、アダムソンが尋ねた。

「え？」

僕の心臓はドクンと跳ねた。

「何か、私に言うことはないのかな……？」

やはりアダムソンは、ずっと僕の変化に気づいていたのか。

僕は雑巾を持ってアダムソンの近くに歩み寄り、彼の隣に並んでおもむろに窓を拭き始めた。

特別隠すことでもない。隠すほうがそれを意識しているようで、嫌だ。

そんな気持ちがふつふつとこみ上げ、僕は今度こそ素直に口を開いた。

「僕、養子だったみたいです」

「……え？」

アダムソンが虚を突かれたように僕を見た。

「自粛前、母に会った時そう告白されました。まあだからと言って特に問題はないんですけどね」

僕は平然とそう言って、窓拭きを続けた。

「そう……」

アダムソンはそう言ってしばし黙った。束の間の沈黙が流れた。

「……いやいやいや、流せないよ。それは、さすがに」

アダムソンが僕を食い入るように見つめた。

「いや、本当に問題ではないんで。別に今までもこれからも何も変わらないですし」

「いやそれは、そうだろうけど……」

「一年前に父が亡くなって。あ、父も実父ではなく養父だったんですけどね。自分も亡くなったらどうしようって母なりに考えていたらしいです。でもなかなか言い出せずにちょこちょこ会いに来るはめになっていたみたいで」

「そうだったのかい……」

「まあ、さすがに驚きましたけどね。けど養子なんてそれほど珍しくもないですし。まあ、一応血の繋がりもありますしね。あ、母じゃなくて伯母だったんですって。実母の姉。実母は僕が三歳の時に事故死したみたいで。ありがちなやつですよね。まあ別に血縁をそこまで重んじているわけではないですけど、でもまあ、ありがちじゃないですか。母親だと思っていたら伯母だった、なんて。漫画でもよくある設定ですよね。まあ、だいたいそういった設定の場合は血縁関係の遠い、または血の繋がりのない戸籍上だけの姉だか妹がいて、そこから始まるラブストーリー的なのが王道ですけど、さすがにそこまで漫画チックな展開にはならなかったですね。僕はここまできたらもういっそ生き別れの妹くらいは登場してほしいなって思ってるんですけど。それで彼女が有名アイドルとかで、秘密の恋が始まったりしてね」

「珍しいね。よくしゃべるの」

「そうですか?」

「おしゃべりは私の専売特許なのに」

「おしゃべりするのは自由でしょう。みんなのものです」

「普段口数が少ない人が急にしゃべると、酸欠を起こすから気をつけてね」

「大丈夫です」

「問題ない？」

「はい、問題ありません」

「きみがこの世で一番嫌いなものは、問題だものね」

「なんですか、それ」

「問題が起こるのを恐れるのは、なぜ？」

「別に……恐れていませんよ。ただ……」

「ただ？」

「面倒くさいだけです」

「そうだね。問題が起こるのは面倒くさい」

「はい。とても」

「面倒くさいことがあったんだね」

「…………僕はメンターを必要としていません」

「うん、知ってる」

「では、そういったことはやめてください」

「そういったこと？」

「僕のメンタルを……」

「私はワトソン君と楽しくおしゃべりしているだけだよ」

「ワタソンですよ……」

「おや、案外冷静だね」

「あなたがつけたんじゃないですか。変なあだ名」

「名前を間違えられると、人は違和感を覚えるんだ。だから即座に反応できる。ワタソン君」

「なんですか」

「きみの名は。…………馴染んでたんだね、きみに」

「ああ、びっくりした。急に有名な映画のタイトルを言いたくなったのかと思いましたよ」

「ワタソン君」

「なんですか」

「そこ、いつまで磨いてるの？」

僕はハッとして自分の手を止めた。

「そんなに磨いたら、その三十センチ四方だけ窓ガラス溶けちゃうよ」

「……磨いたくらいじゃ窓ガラスは溶けません」

恥ずかしさを悟られないよう、何事もなかったかのようにすまし顔を作ってゆっくりと窓拭きを再開した。

「素晴らしく知的な返答だね。でも私はもっと抒情的な意味で言ったんだ。要するに、できたら他の場所も磨いてくれるとありがたいという意味だよ」

「わかってますよ」

ピカピカに磨き抜かれたガラスに映った自分の取り繕った顔は、滑稽なほど不貞腐れて見えた。

「さあ、ひと段落したところでお茶にしよう。今日はスペシャルなスイーツがあるんだ。珈琲でいいかな？　ワタソン君、淹れてくれたまえ」

ひとしきりしゃべると、アダムソンはいそいそと皿とナイフを用意した。僕はいつも通り湯を沸かし、珈琲を淹れる準備をテーブル上に整えた。

「鷲くんじゃないよ」

アダムソンは不敵な笑みを浮かべると、冷蔵庫から何やら大きな白い箱を取り出し、うやうやしくテーブルの上に置いた。

「デカい。なんですか、それ」

アダムソンは「ふふふ」と少々気味悪く笑いながら、自分の体で箱を隠すようにして、何やらテーブルの上に取り出した。僕は挽いた珈琲豆に少しずつ湯を注ぎながらそれに目をやった。珈琲の芳醇な香りが部屋に漂った。アダムソンが「ジャーン」とそれを披露したが、僕はそのまま無言で珈琲を淹れ終わると、それぞれのカップへと注いだ。珈琲の香ばしい香りと甘い香りが部屋を包み込んでいた。

アダムソンは淡々とティータイムブレイクの準備を進める僕のほうをチラチラと見て、ワクワクしながら僕の反応を待っているようだった。

僕は続いて皿を並べ、フォークをセットし、アダムソンが用意したナイフを残った湯で温め、おもむろにケーキにかざした。

「ちょっと、ちょっと待ってよ！」

アダムソンが「何をするんだ」と言いたげに僕を止めた。

「何をするんだい！」

あ、口に出して言った。

「何って、ケーキを食べるんですよね？　切りますが」

　僕は目の前に鎮座する巨大なホールケーキを見下ろし一切の感情を殺した声で言った。

「え？　それだけ？　感想は？　こんなに素晴らしいケーキを目の前にして、感想はないのかい⁉」

　僕は改めてケーキを見下ろした。そしてひと時考えて、口を開いた。

「美味しそうですね」

　アダムソンはうんうん頷いて、僕から発せられるであろう次の言葉を待っていた。

　僕はおもむろにナイフの先端をケーキにかざした。

「えっ、それだけ⁉」

　僕は黙ってアダムソンを一瞥した。

「な、なんでそんな顔をしているんだ……！」

　それを無視してケーキにナイフを入れた。アダムソンが悲愴な声を出した。

「だって……！　まさか君があんな話をするとは思っていなかったから……」

　僕はあらためてケーキを見下ろした。艶のある生クリームとたっぷりのイチゴがあしらわれたとても豪華なケーキの真ん中には『HAPPY 1ST ANNIVERS

ARYアダムソン＆ワタソン』と書かれたチョコプレートが鎮座していた。

「自粛前、きみがここで働き始めてから一年のお祝いをしようと話していたじゃないか。確かに、一周年記念日はとうに過ぎてしまったけれど。せっかくサプライズしようと思っていたのに、とんだ逆サプライズだったよ」

そんなこと覚えているわけないじゃないか。

「いいですよ、養子を知った記念日ってことでも」

僕はフッと鼻で笑った。

「やめたまえ！　いいかい、自虐にするのにはある程度の日数が必要なんだよ！　例えば日にち薬というだろう。まだ治っていない傷を自虐にしてしまう行為はね、例えるなら、まだ完治していない傷のかさぶたを無理矢理に剝ぎ取る行為……うう」

食べ物を前にしてそんなことを言わないでほしい。

「想像してしまった……血が……傷から血が……痛い、痛いよ……」

言わんこっちゃない。

「勝手に人のかさぶたを剝がす想像をしないでください」

「私は痛いのとか、グロいのとか、そういうのは苦手なんだ！」

「知りませんよ」

心の底からそう思った。

「剝がすという言葉は……痛いんだよ……折るよりも、切るよりも、潰すよりも、剝がす……！　想像してみたまえ、ワタソン君」

「いや、しませんよ。僕そういう趣味ないんで」

「私だってそんな趣味ないのに、つい想像しちゃったんだよ！」

「だから、知りませんってば……」

「私は純粋に、きみが私の助手となった記念として……ひどいよ！　今日のきみはひどい……」

アダムソンは半べそでケーキに半分突き刺さったままのナイフをそっと抜き取った。考えてみれば彼なりによかれと思って買ってきてくれたものなのに。さすがにちょっとかわいそうなことをしたかもしれないと思い始めた。

「すみません……。問題はないと言いながら、やっぱりちょっと心が荒んでいたのかもしれません」

「状況が状況だけに仕方ないね。偶然にもここに荒んだ心を癒す素晴らしい薬があるんだ」

アダムソンが机上を手で示した。

「記念日のケーキですね」

アダムソンは僕がとりあえず謝罪をしたことで満足したようだ。

「甘いものは脳の働きを助け、至福感を増やし、そして体脂肪まで増やしてくれる、ありがたーい薬なんだよ」

打って変わってハキハキとした様子でしゃべった。

「最後、なんかありがたくないものまで増えましたね」

「体脂肪が増えるということは、山で遭難しても助かる可能性が高まるということ。それすなわち、生命力」

アダムソンはシリアスな表情を作った。

「そう自分に言い聞かせているんですね」

「今日のきみは本当に意地悪だね」

アダムソンがじろりと僕を睨んだ。

「すみません。心が荒んでいるもので」

今日はこれさえ言えばすべて許されるだろう。

「私は太りやすいんだよ」

アダムソンは珍しく眉を八の字に下げた。

「みたいですね」

「え？」

「え？」

「みたいですねって、どういう意味……？」

アダムソンの表情からただならぬ殺気が漏れているのを感じた。これは本当に踏んではいけない地雷だ。鈍い僕でも瞬時にそう悟った。

「いや、前にもたしかそんなことを……あ、そうだ、たい焼きの話をしていた時ですよ。確か、あんこは太りにくいって力説されていたような……」

アダムソンはハーッと大きく息を吐いた。

「そうか、ならいいんだ。いや、ひょっとして目視でそう判断されたのかと一瞬肝を冷やしたよ」

面倒くさい。果てしなく面倒くさい。

「気を付けたまえ。そういう余計な一言をうっかり言って、女性の逆鱗に触れてから、世の男性たちは『うちの鬼嫁が』とか言うんだよ。怒らしているのはきみだ！」

一体誰に向かってしゃべっているのか。

「あ、ひょっとして、大掃除しようなんて面倒くさいことを言い出したのは、ケーキを食べるのに少しでもカロリーを消費するため、とかじゃないでしょうね」

アダムソンはそれには答えずに「見たまえ、この素晴らしい造形美。至高のフォルムだ」と目を細めて机上のケーキを愛でた。図星か。

「美しいだろう?」

アダムソンは得意満面に言った。

「すごいですね……」

色んな意味でな。僕はきっと死んだ魚の目をしていたに違いない。

その時、キィと玄関の扉が開いた。僕とアダムソンはハッと振り返った。

そこに立つ猫背の少年は、ペコリと会釈した。

「え……と、誰かの誕生日っすか?」

テーブルに鎮座する大きなケーキを見た少年は、第一声でそう言った。

「聞いてくれるかい、今日はね、私とワタソン君の……」

「偶然にも路上で安売りしていたケーキを糖分補給のために買っただけだよ」

僕はアダムソンを遮り、早口でまくし立てた。

「……へえ」

「あっ、ワタソン君、どうしてプレートを取るんだ！　それはマジパンじゃなくてチョコなんだよ？　ここのチョコレートは美味しいんだ！」

「なら今すぐあなたが食してください。今すぐ一口で」

「チョコを口に押し付けるのはやめたまえ。ワタソン君、一体どうしたんだい。なぜちょっと怒っているんだ」

たかがバイトでハッピーアニバーサリーケーキが恥ずかしすぎるからだよ。

「俺もしかして……なんか、邪魔なタイミングでした……？」

少年があからさまに怪訝(けげん)そうに僕たちを見た。

「ぜんっぜん！　むしろこの大きなケーキをどうしようかと思っていたから、最高のタイミングだよ！　ありがとう、少年！」

「……本当に？」

「ええ、間違いなく最高のタイミングです。美味しいものはみんなで食べると、なお美味しい」

にっこり微笑(ほほえ)みながら、アダムソンはひょい、とチョコプレートをケーキの上に置きなおした。少年はすかさずそれに注目した。

「へえ、一周年記念……」

少年の態度は明らかに白けていた。

「そう！　ここで働き始めて一年！　よかったら一緒にどう⁉」

もう開き直るしかなかった。なんだか変な汗をかきながら、僕は「ささ」と、少年を席へといざなった。

少年は椅子に手をかけ、そのままひと時止まった。

「……やっぱやめとく。このご時世だし。会食しちゃいけないんでしょ」

僕とアダムソンは顔を見合わせた。

「まあ、もちろん無理には誘えないけど……でもたった三人だし――」

僕の言葉の途中で、少年は「元気そうでよかったっす」と言い残し、くるりと背をむけると足早に部屋を後にした。

「大丈夫でしょうか……」

僕の呟きを遮るように、アダムソンが言った。

「ちょっと出るよ」

それは、初めて聞くアダムソンの切迫した声だった。

一人部屋に取り残された僕は、テーブルの上の大きなケーキを見つめていた。

「冷蔵庫に入れたほうがいいよな……」

独り言を言いながら、ケーキを箱にしまった。

「珈琲、冷めちゃうかな……」

ティータイムの用意が整ったダイニングテーブルに座り、とりあえず自分の珈琲を飲みながらぼうっと窓の外を眺めていると、扉が勢いよく開いた。

「ワタソン！　いる⁉」

僕は驚いて振り返った。

「レディ……」

「アダムからの伝言！　ついてきて！」

そう叫ぶとレディマドンナは部屋を飛び出し、階段を駆け下りた。

僕は慌てて彼女の後を追った。

「早く！　こっち！」

彼女は僕を先導しながら全速力で走っていた。

「一体、なんですか」

そう言いながらも、緊急事態だということはひしひしと伝わってきた。

「アダムソンは？」

僕の問いに、彼女は簡潔に「いない！」と叫んだ。

「ええ、何それ……！」

彼女は意外と足が速かった。僕は息も切れ切れに彼女を追った。

「あなた、一体アダムソンの何なんですか！」

「あなたはアダムの何なのよ」

「だから僕はアダムソンの助手ですってば！」

「ならつべこべ言わず走って！」

「走ってますよ！」

自粛明けの運動不足のこの体に、急なダッシュはきつかった。

無駄口を叩かずとにかく彼女を追っていると、彼女も息を切らしながらこう言った。

「あなたが助手なら、私はアダムの……案内人かしら」

「案内人？」

彼女は肩で息をしながら止まり、目の前の廃ビルを指さした。

「とりあえず、今すぐここの屋上へ向かってちょうだい！　アダムはいま手が離せないの。あなた彼の助手なんでしょ？　アダムはあなたを信頼して任せるのよ！」

「はい、助手ですよ。行きますよ！」

「エレベーターは止まってるから、階段で！」

「ええっ！」

僕は一度思いっきり深呼吸すると、意を決して階段を駆け上がった。


闇夜に映る世。闇夜の中の世。絶望と失望と苛立ちと不安と孤独ばかりの世界。

それはまるで真夜中の散歩のようで。

たったひとつの灯りがなければ、歩くことすらままならない。


「おはよう、少年！」

僕はぜいぜいと息をしながら、できる限りの大声を振り絞った。

彼はゆっくりと振り返った。

「もう昼すぎじゃん」

僕はとても答えられず、膝に手をついてはあはあと大きく肩を動かした。膝がガクガクしていた。

「こんなところで、何やってんの?」

まだ荒い息混じりに、どうにか会話を続けた。

「色々考えてたら一周しちゃって、最後はやっぱりベタに戻るんだ」

少年はそう言って失笑を浮かべた。

「パンデミックなんて、永遠に終わらなきゃよかったのに」

少年は、屋上のへりに立っていた。

「とりあえずさ……」

そう言いながら、僕は必死で言葉を探した。

こういう時、アダムソンならなんて言うんだろう。

「とりあえず、もうちょっとこっちこない?」

僕は少年に向かって、笑顔で手招きした。けれど、自分の頬が引きつっているのは、嫌でもわかった。

きっとアダムソンは来る。それまでどうにかしなければ。自分の心臓の音がバクバクと耳に響いていた。

「おはようって、久しぶりに言われた」

少年は僕に背中を向けたままで言った。

「おはようって言って無視されるとさ、まるで自分はこの世に存在してないんじゃないかって思うよね」

その一言で確信した。彼はクラスに馴染めていないだけではない。もっと露骨に、無関心という名の悪意を向けられていたのだろう。

こういう時にはなんて言うんだ。頭の中を上っ面な言葉がグルグルと回った。

「僕は……僕もアダムソンも、いつでもきみにおはようって言うよ」

「自粛があけなきゃさ、いつまでだって大手を振って休んでいられたのに。ちょっとは期待したんだよ。こんな非常事態が起こってさ、それが終わればさ、俺を取り巻く環境だってリセットされて、ちょっとは変わるんじゃないかって」

ビルの縁に立つ少年の背中は、もう猫背ではなかった。僕にはそれが、少年の決意の表れのようで、ものすごく怖かった。

「SNSで愚痴ってみたりしたよ？　優しい人もいっぱいいた。けどさ、それだって結局はただの虚構世界なんだよね。俺はずっとその世界で生きていくわけにはいかないんだ。これから俺は社会に出て、一人で生きていかなきゃならないんだから。世界では死にたくもない人がたくさん死んでて、俺よりも辛いやつはごまんといるよ？　でもさ、だから俺は辛いなんて言っちゃいけないのかな」

僕は自分の中のアダムソンを必死になって探していた。

「そんなことない。辛さを誰かと比べることなんて、できないんだから」

少年は、そんな僕の中身を見透かしたように、僕を一瞥して冷たく笑った。

「俺には親だって普通にいるよ。でも家でずっと生きていくわけじゃないし。俺の世界は、虚構だとしても俺の世界は、学校で、友達で、ＳＮＳの中なんだ。でも……」

少年は、言葉を区切った。

「でも、ひとつひとつ居場所がなくなっていく。学校の次はＳＮＳだよ。最初優しかったフォロワーも少しずつ減ってさ。みんな俺より辛いんだって。子供はまだマシなんだって。俺は今、親の金で生きているけど、これからは自分の金で生きなきゃいけないって。会社に入って働いて、したくもないことして稼いで、ＳＮＳにあふれる悲劇の主人公にこれから自分がなっていくんだって。みんな言うよ、高校生に戻りたいって。でも俺はここから抜け出したい。ここから出たいんだ。どこにも居場所なんてないんだ。こんなに人がいるのに、学校にも虚構世界にもこんなにも人が溢（あふ）れているのに……誰も俺のこと好きじゃないなんて、そんなの奇跡的だよ。みんな友達や恋人がいるのに、俺だけなんで誰からも愛されないんだよ……。そういったら親は自分を愛してるだろとか言われてさ、違うんだよ！ 親と、家と、俺の生きている世界は別物なんだよ！ 虐待されて居場所がない人だっているのに、俺は恵まれてるってわかってるよ！ 親を悲しませるのが悪いことだって自分でも思ってるよ！ でも俺は、俺は、どこで生きていけばいいの……！」

少年の声は涙で滲んでいた。

「この世界には、もう俺なんて……必要ないじゃないか……！」

少年の涙は、ぽたぽたと落ちてコンクリートに染みを作った。

「本当は……本当は、自分が嫌われてるだなんて、誰にも知られたくない……」

自分の頬を涙が伝っていた。僕は叫んだ。

「孤独でいいんだ！ みんな孤独なんだよ！ その中でどうにか虚構の自分を作って、それでどうにか自分を保っているだけで！ SNSなんてそれを埋めるためだけに使えばいいよ！ 見たいものだけ見て、見たくないものには蓋をして、そこで世界を作ればいい！ だって、みんな孤独なんだから！」

もう自分が何を言っているのかさえ、わからなかった。

「君が孤独だと感じるなんて当たり前だよ。僕だってそうだ！　きっと僕の母親だってそうだったんだ……。この世に自分はたった一人だって、味方なんていないって、誰もがそう思うんだ。みんな当たり前に生きているように見えるけど、それって全然当たり前じゃないんだよ。それはものすごく凄いことなのに、奇跡のようなことなのに、みんな当たり前のように生きて見せているだけで。みんな間違えるし、みんな不安だし、誰だっていつだって、孤独を抱えてるんだよ。僕だってそうだよ！」

　少年は、まだ背中を向けたままだった。けれどその背中が、初めて会った時のように少しずつ丸まっていくのがわかった。

「僕には親がいないよ！　ずっと両親だと思っていた人は、僕の伯母とその夫だった！　けどそれを言えない彼らもずっと孤独だったんだ……！　もしかしたら、僕の本当の母親だって……」

　猫背になった少年の足元に、またいくつもの染みができた。

「結局、誰がそばにいたって孤独なんだよ。独身だって結婚してたって、誰かの親になったって、みんな孤独なんだよ。きみの親だってきっと、きみと同じように孤独を抱えてるんだよ。それならもう仕方ないじゃないか。この虚構の世界で仲間をみつけて、たった一人でも仲間を集めて、ほんの少しでも心を寄せて、そうやって身を寄せ合って、慰め合って、今日生きている奇跡を称え合って、そうやって生きていくしかないじゃないか。それが友達だろうが恋人だろうが家族だろうが虚構の人間だろうが、血が繋がっていようがいなかろうが、誰かがいることに意味があるんだ。今ここに僕がいることに、きみがいることにもうすでに意味があるんだ！」

少年の肩は大きく上下に揺れていた。

「虚構の世界にだって繋がりはあるよ。なんだっていいんだよ、自分をだませるのなら。孤独を癒せるのなら。なんにだってすがればいい。今ここにある僕の手にだって、すがればいいじゃないか……！」

僕は垂れ落ちる洟をすすりながら続けた。

「大人なんてろくなもんじゃないよ。ならないほうがきっといい。今の比じゃない苦労するだけだ。でもね、僕はきみに死んでいいなんて、口が裂けても言えないんだ」

少年は、ぐしゃぐしゃの顔で振り向いた。

「どうして……？」

「きみに死なれたら後味が悪いからだよ……！　だって、だってさ、いつか楽しいことだってあるかもしれないじゃん！」

「ないかもしれないじゃん！」

「そうだよ、ないかもしれないよ！　それどころか、今よりもっと辛い目にあうかもしれない！　けどね、きみは出会ったでしょ。アダムソンと出会ったじゃん！　だったら、これから辛いことがあればあの場所へ行けばいいでしょ。駅から歩いて十五分もかかるけど、三丁目の、あの角を曲がってさ、あのビルがいつまで解体されないのかわからないけど、薄暗い階段を上ってさ、扉さえ開ければ、あの曲が流れてるでしょ……！」

少年は、今にも消えそうな声で言った。

「『悲愴』……だね」

「そうだよ！　心病んでいる人にさ、『悲愴』なんて曲を聴かせる悪趣味なあいつが、いつでもいるんだよ」

僕は泣きながら笑った。

「僕は、死ななくてよかったよ。だって、見つけたからね！　あの場所を！」

「なんか……そういうの、もうどうでもいいんだ……」

「断言する。きみにだって見つかる！　きみはまだ思春期の途中なんだよ！　今はまだ見つからなくたって、全てを諦めるのは早すぎるんだ！」

「じゃあ、もし俺が無視なんかじゃなくて、もっと酷(ひど)くいじめられていたら死ぬ理由として認めてもらえるの？」

「違うね！　いじめなんてなんだって酷いんだ。たったひとつの悪口ですら、SNSの書き込みですら、無視することでだって、人の心を殺すには十分な威力があるんだ。僕は怖いよ、いつか自分も予期せずして加害者になるんじゃないかって。それにどうやったってこの世界は自分本位に図太く生きている人間が得をするようにできているんだ。どうやったって変わらないよ！　人を変えることなんてできない！」

「矛盾してるよ。じゃあ俺の考えを変えることだってできないじゃん」

「そうだよ、できないよ。でも変えたいと願うことくらいしたっていいだろう。それは僕の勝手だろう。あわよくば、奇跡的な何かが起きてきみが気を変えたら、僕は今夜、安心して眠りにつけるんだ。でもこのまま君が死んだら、きっと僕は未来永劫(えいごう)安眠できない。きみのせいで。きみのせいで……！　きみは僕を巻き込んで僕もろとも殺すんだ！」

「そんなこと言われても……！」

僕は今、少年と対話できている。ふと、そのことに気づいた。

「死ぬときは人に迷惑をかけないいんじゃなかったの？」

「本当に死ぬときにそんなこと考えられない。あの人もそう言ってたでしょ」

少年は、ほんの少し死の淵から遠のいていている。そう確信した。

「ちょっと待って！」

今なら待ってもらえる。そう思った。

「ちょっとだけ、待ってよ！　本当に最後のお願いだから！　一生に一度のやつだから！」

僕はそう言ってスマホを取り出し、検索をかけた。

「ありがとう、待っててくれて」

少年は僕の行動をじっと見ていた。

「調べてみたよ」

「……なにを？」

「サメの生息地」

少年の目が、一瞬のち、大きく開いたのを僕は見逃さなかった。

「もう止めないよ。でも、死ぬなら人に迷惑かけずに死のう。もともとそういう話だったでしょ。僕のアイデアをあげるよ」

少年は、もう淵を見てはいなかった。

「……どこ？　サメの生息地」

「南アフリカ」

「今、海外行けないじゃん。そういうの、ずるいよ」

ここは屋上ではなく、あの部屋だ。自分にそう言い聞かせた。

「行けばいいでしょ。どうせ死ぬんだから、なんとしてでも、犯罪を犯してでもいけばいい」

「犯罪は人に迷惑かける行為じゃないの？」

「そうだね……。だったらこれが収束するまで待とう。その代わり約束する」

僕は今、少年とディベートをしている。『悲愴』をバックに流しながら。

「僕も一緒にいくよ。このパンデミックがあけたら」

「希望とともに、死ににいくの」

少年は失笑を浮かべた。

「そうだよ。約束する。きみの自殺を見届けにいく」

「なんか、違うんだよなあ……そういうのじゃないんだよ……」

少年は僕と、間違いなく対話を続けていた。

「きみだって、完璧な自殺だって言ってたじゃないか。今度は〝ボート問題〟もないよ。僕がきみを送り届け、僕がきみを見届けたあと、僕がボートで岸へ戻るから」

不思議と恐怖は和らいでいた。

「血の匂いに興奮したサメが帰りのボートを襲うかもしれないよ」

「それは、不慮の事故だからしかたない」

「死にたくもないのに、サメに食い殺されてもいいの」

「見届けるためにはリスクがあることもしかたない」

「俺が死ぬのをみて、ワタソンは平気なの？」

少年が僕の名を呼んだ。

「平気だよ。今、ここできみが死ぬのを見るよりよっぽどいい。その頃にはきっともう、きみの死にざまを見る心の準備だって、できてるよ」

「そうなんだ」

少年は鼻でフッと笑った。いつの間にか涙は乾いていた。

「でも正直に言うと、それまでにきみの気が変わることを望んでる」

「だろうね」

「その可能性も、十分にあると思う」

「楽観的だね。どうしてそう思えるの」

「だって……、きみは今、生きてるじゃないか」

　僕は真っすぐに少年を見つめた。

「僕が君を見つけてから、もう……、一時間と十八分も。きみは、生きてるじゃないか」

　僕は一歩、少年に近づいた。

「だったら願ったっていいだろう。もうあと一時間、あと一日、あと一週間、あと一か月、あと一年……、十年先だって、きみが生きている可能性に賭けたっていいだろう！」

「どうして、赤の他人のためにそこまでできるの。メンターになりたいから？」

　少年も僕を見つめ返した。

「わからない……。でも自分が何かできるかもって思えたから。初めて、何かできるかもって思ったら、なんとしてでも、何かをやり遂げたくなった」

「自分のためってこと?」

「そうだよ、自分のため。誰だって自分のために生きてるんだよ」

僕はもう一歩、少年に近づいた。

「きみは今日から、完璧に死ぬために生きるんだ」

「完璧に死ぬために、生きる……」

「そう、理想の自殺を実行するために、生きるんだよ」

また一歩、少年に近づいた。

「僕はその手助けをする。だって、それくらいだもの。今の僕にできるのって」

少年はじっと僕を見たまま、動かなかった。

「僕は無力で無能だよ。命をかけてこの危機に立ち向かおうとしている人たちがいる中、僕には何もできない。ウイルスを消せるわけでも、医療従事者として人助けできるわけでもない。だったらせめて、目の前にいるきみの役に立ってみせるよ」

もう少しで僕の手は少年に届きそうだった。

「このパンデミックが終わるまで、完璧に死ぬために生きよう」

「完璧に、死ぬために、生きる……」

「そう。完璧に、死ぬために、生きる」

僕は少年に手を差し出した。

「そのためにはまず、この世の中をどう生き抜けるのか、一緒に考えてみよう」

「死ぬために、生きることを考える」

「そう。完璧に死ねるまで、無事に生き抜くためにはどうすればいいのか」

少年は、僕の手を取らなかった。けれど、死の淵から、軽やかに地面へ降りた。

少年は、差し出した僕の手を残したまま、スタスタと屋上を歩いた。

彼の姿を目で追い、ようやく息をした僕は、自分の手が震えていたことに初めて気づいた。

長い階段を下りビルから出ると、そこにはアダムソンがいた。

「ここに目をつけるとは、なかなかでしたね。最近では屋上に鍵がかかっていない場所は珍しい」

アダムソンはさっきまで僕らがいた屋上を見上げた。

「……一体どこに行ってたんですか？」

僕は少々非難がましい目を向けた。

「これ、つけずに歩けないでしょう？」

そう言って、アダムソンはマスクを二枚差し出した。

「さ、たっぷり運動した後は、お楽しみのティータイムですよ」

アダムソンの額に、珍しく汗が滲んでいることに僕は気づいた。

「あの大きなダイニングテーブルを大勢で囲んでお茶をするのが、私の一番の楽しみなんです。まるでアリスのお茶会のように、変わり者たちが自由に楽しい時間を過ごす。想像するだけで素敵でしょう？」

アダムソンはそう言って、マスクの下でにっこり笑った。

少年は大きなケーキの四分の一ほどを一人で食べた。残りの約半分を僕とアダムソンで食べ、さらに残ったケーキはいくつかのピースに切り分け、少年は二つのピースを持ち帰った。

少年が帰ったあと、僕はアダムソンへ問いただした。

「どうして、ご自身で屋上へ行かれなかったんですか？」

「あそこ、エレベーターが止まってるって知っていたから。ほら私、体力ないでしょう？」

すぐに嘘だとわかった。彼はきっと屋上まで駆け上がり、レディマドンナを僕につかわせ、彼自身はきっと陰から少年を見守り僕の到着を待ったんだろう。

「もしかして、ずっと僕らの様子を見ていたんですか？」

「いいや、まさか」

アダムソンは目を伏せ微笑を浮かべた。

「どうして僕を向かわせたんです」

「帰りにマスクがいると思って。買いに行きたかったんだよ」

「それこそレディマドンナに頼めばいいじゃないですか」

「レディにそんな雑用を頼めないよ」

まるで暖簾に腕押しだった。僕は諦めの溜息を零し、そのまま黙ってカモミールティーを淹れた。

「ケーキは美味しかったかい？」

カモミールの香り漂う中、アダムソンは言った。

「はい、とても美味しかったです」

僕は少々投げやりに答えた。

アダムソンは「それはよかった」と微笑んだ。

「暗闇の中でものを食べると、味覚すら変化するらしいよ」

僕は「へえ」と適当に相槌を打った。

「人は見えないことを一番怖がる。未知に対する本能的な恐怖。未来というものは見えないからね。その恐怖に飲み込まれるとそこから動けなくなる」

僕は、お茶を注いでいた手を止めた。

「……少年のことですね」

アダムソンはカップに手を伸ばした。

「私にとって一番の恐怖はね、ワタソン君。ここに来てもらえないことだ」

カモミールの香りを揺らしながら、アダムソンは静かに語った。

「私が知る由もないまま、どこかで誰かが人生を諦めてしまうことだ」

その瞳に映る色はとても切なく見えた。

「私はここで待つしかないんだよ。ただの自己満足なんだ」

そう言って、アダムソンは窓の外を見つめた。

「……でも、少なくともあの少年は今日ここへ来ましたよ」

僕の言葉に、アダムソンはそっと瞳を伏せ、微笑みを浮かべた。

「これから壁にぶち当たった時に、これまであなたが彼に伝えたたくさんの言葉のうちどれかひとつが、彼の助けになるかもしれません」

僕の言葉に、アダムソンは表情を緩めた。

「きみは、なかなかの夢想家だね」

「あなたほどではありませんよ」

「私は、こう見えてリアリストなんだよ」

アダムソンの口調からは、本気とも冗談とも判断がつかなかった。

「さっき、普通に笑ってましたよね、あの子」

僕は残ったケーキにラップをかけ、それを冷蔵庫に入れるとパタンと扉を閉めた。

「そうだね」

振り返ると、アダムソンはまるで木漏れ日の中にいるように穏やかな笑みを浮かべていた。

「……お疲れさまでした」

僕は心からの賛辞を述べた。

「ワタソン君も、お疲れさま」

アダムソンはカモミールティーを飲み終わると、珍しく立ち上がってキッチンまでやってきた。

「じゃあ、また来週だね」

アダムソンは時計を見て言った。針はちょうど五時を指していた。

「はい、また来週です」

僕はいつも通り帰り支度をして、扉に手をかけた。

「お疲れさまです」

そう言って外に出ると、閉まる扉の隙間からアダムソンの深い声が聞こえた。

「きみは、とても素晴らしい助手だよ」

声の余韻を残し、扉は静かに閉まった。


それからしばらく平穏な日々が過ぎた。アダムソンもいつも通り、いやいつも以上によく昼寝をしていた。

「まるで昼に眠る吸血鬼みたいですね」

豆電球は新しい物と換えたはずなのに。夜眠れないのだろうか。

僕の言葉にアダムソンはなぜか「ありがとう」と笑った。

「褒めていませんよ」

「しかし吸血鬼というものはどの文献を読んでも見目麗しい生物だからね。いや、あれを生物と呼んでいいのかな。死物と呼ぶべきなのか……」

「さあ、どうでしょうね」

どうでもいい会話を交わしながら、僕は頭の片隅で少年のことを考えた。

あの日を境に、少年がここへ来ることはなくなった。僕はそれを喜ばしいことだと思っていた。僕は、問題は解決したのだと、そう信じて疑わなかった。

夢想家の僕は、世の中そう単純にはいかないということを、まだわかっていなかったのかもしれない。

「完璧な自殺とは……吸血鬼の生き餌になることかもしれないね」

アダムソンは安楽椅子で悠然と長い足を組み、そう呟いた。

File6

はじめまして、
メンターです

その朝、母から電話があった。

「母さん、どうしたの？」

「どうもしないけど、ただあなたが元気かと思って」

母さんは普段と変わらぬ口調でそう言った。

「何も問題はない？」

いつもの、母の口癖だ。

「ああ、大丈夫。何も問題ないよ」

僕もいつも通りそう答える。

「そっちはどう？」

「お母さんのことは何も気にしないで大丈夫よ」

緊急事態宣言が出されてからというもの、母から週に二回は安否確認の電話がくる。それは宣言が解消された後も週一の頻度で続いた。

「実はね……小包を送ったの。明日届くと思うわ」

いつもと違う、くぐもった声だった。母の気持ちが伝わってくるようだった。

「へえ、ありがとう。何が入ってるの？」

僕は努めていつも通り返答した。

無言になった電話口から、さらに母のためらいが伝わってきた。

「あなたの……お母さんのものよ」

刹那、僕は言葉を失くした。

「あ、そう。ありがと」

ほとんど無意識のうちに、機械的にそう口に出していた。

「届いて中を確認したら、連絡してくれる？　それが何かをきちんと説明するから」

母の調子はいつもに近いものに戻った。努めてそうしているのがわかった。

僕もそれに応えるように言った。

「ああ、わかった。けど、もう仕事も再開しているから、ちょっといつ開けられるかわからないよ」

暑くもないのに、背中を汗が伝っていった。嫌な感覚だった。

「いいのよ、いつでも。あなたのいい時に開けてくれればいいの」

「……わかった」

声が震えないよう、気を遣った。スマホを持つ指先の感覚は無くなっていた。

「あなたが持っているべきだと思って……」

「うん、ありがとう。じゃ、忙しいから切るね」

僕は母の言葉を遮るように言った。母は「あ……」と何かを言いかけた。僕は「じゃあ」と、通話を切った。

スマホを持つ手が尋常じゃないほどに震えていた。この震えが、声を伝って母に届く前に切りたかった。

「よかった……」

僕はしばらくその場で立ちすくんだまま、荒くなった息をただ感じていた。

『あなたの本当のお母さん、私の妹のことを話したいの』

僕が養子だということを、初めて僕に伝えた後、母はそう切り出した。

明日、何か知らない小包が届く。

僕の実母が残した、何か。

きっとこのパンデミックは、母さんに何かを決意させたんだろう。

僕に何か、大切なことを伝える決意を。

そして、それはきっと、僕には言いにくいことだったんだろう。

握った指先は、まるで氷水に突っ込んだように冷たくなっていた。

どうにも気分が落ち着かなかった僕は、あてもなく外を歩いた。すると偶然、あの少年を見かけた。声をかけようか迷いながら何となく少年の後をつけているような形になってしまった。すると少年は、あのビルへ入っていった。

心臓がキュッとした。

彼に気づかれないように、少し時間をあけこっそりとビルに入った。屋上へ上がると、少年は床へ座り込み缶コーヒーを開けていた。

僕は少しほっとした。

「何飲んでるの？」

「あ、びっくりした」

少年は振り返って、さほど驚いていないように言った。

僕は少年の隣に腰を下ろした。

「カフェオレいいな。僕も何か持ってくればよかった」

少年は黙って缶を口に運んだ。

「ここ、よく来るの？」

「密じゃないから」

僕は「たしかに」と笑った。

「僕も、たまにここに来てもいい？」

少年は少し間をあけ「好きにすれば？」と答えた。

「別に、俺の場所じゃないし」

僕は「ありがとう」と呟いた。

どこへ行っても密を避ける世の中。まるで人を害悪のように避けなければならないこの時世に、屋上の風は心地よかった。

「色々と、どう？」

「相変わらず」

少年は相変わらず愛想なく答えた。

「相変わらず……か」

それは、彼の問題が相変わらずそこにあるということを、示唆していた。

「アダムソンに言われた三つのこと、まだ覚えてる？」

「面倒くさいことをやめてみる。面倒くさいことから離れてみる」

彼は指を折り数えながら口にした。

「最後は、考えるな、感じろ」

「すごいね。やっぱり三つなら覚えられるんだ」

「馬鹿にしてる？」

少年はじろりと僕を睨（にら）んだ。

僕は「違うよ」と笑った。

「アダムソンが言ってたんだ。人間が覚えていられることなんて、せいぜい三つだってさ」

「へえ」

「どうせなら、いい大学を目指して勉強に集中してみる、ってのはどう？」

「死のうとか、考えてるのに？」

「だからだよ。学生なんて一番遊べる時期なんだし、死ぬ前に楽しい思い出でも作れればラッキーじゃない？」

「楽観的だね」

少年は呆（あき）れたように笑った。

「夢想家なんだよ。アダムソンにそう言われた」

「いいね、楽しそうで」

「そうでもないけど、きっと今のきみよりは楽しいんだろうね」

「なんか、ムカつく」

少年が顔をしかめた。僕は彼の表情が豊かになったことが、嬉しかった。

「……アダムソンも夢想家なの？」

ふいに少年が尋ねた。

「彼はリアリストだって」

「だろうね……」

その呟きは意味ありげに聞こえた。

「そう思うの？　僕にはそうは思えなかった」

「彼はきっと、夢想家に憧れているリアリストなんだよ」

少年がもっともらしく言った。

「きみのほうが、僕よりよっぽどアダムソンを理解してそうだ」

「たくさん……、たくさん話したからね」

少年は一瞬、笑みを浮かべた。

「いつのまに？」

「夜に、だよ」

「夜？　電話で？」

僕の問いかけに、少年は一瞬黙った。

そして「……知らないの？」と、小さく訊(き)き返した。

「え？」

「……なんでもない」

少年は意味ありげにそう言って、また黙った。

「なんだよ、気になるな」

「俺が死ぬ直前になったら、教えてやるよ」

「じゃあ、一生知らなくていいや」

僕の言葉に、少年がほんの少し口の端を持ち上げた。


翌日、宣言通り、母から荷物が届いた。

小さな箱の中には、一冊のアルバム、そして一枚のＣＤ、それから薄い封筒が入っていた。

僕はまず、封筒を開けた。何か書かれた手紙が入っているのだと思ったからだ。けれど中に入っていたのは、一枚の名刺だった。

名刺はとても古く、そこには『精神科医　安達緑一郎(あだちろくいちろう)』という名と、とある大学病院名が書かれていた。聞き覚えのない名前だった。

次にアルバムを開いた。一枚目には、僕の母さんとどこか似ている、母さんよりも少し凛々しい顔つきをした女性と、その彼女の腕の中に赤ちゃんがいた。そしてその写真の下には僕の誕生日と『命名・ソナタ』と書かれたシールが貼られてあった。何枚かのショットはどれも病院内に見えた。

「赤ちゃんて本当に赤い顔してるんだな……」

思わず呟いた。

実母の腕に抱かれている僕は、真っ赤な顔でまさにたった今この世に生を受けた瞬間だった。角度の違うショットが四枚貼られていた。どれも母とのツーショットだった。これを撮ったのは実の父親なのだろうか。なんだか不思議な気持ちがした。

次のページをめくると、また母と僕とのツーショットが並んでいた。次のページも、また次のページも。そして、三枚目にとうとう母以外の人物が現れた。それは、今の母親、つまり、僕を産んだ母の姉である、母さんと父さんだった。

このあたりで僕は察した。父親はきっと一度も僕に会っていないのだと。

最初の一枚から、きっと写真を撮ったのは、現在の母さんなのだろう。

僕はもう一度さっきの名刺を手に取った。

安達緑一郎。もしかしたら、この人が僕の――

ドクンドクンと心臓が高鳴り始めているのがわかった。

僕はふとCDに目をやった。CDジャケットに写っていたのは、綺麗に化粧されて別人のようではあったが、間違いなく実の母親だった。

「ピアニストだったのか……」

僕は急いでそれを取り出し、ディスクをパソコンに入れて再生した。

一音目から雷に打たれたような衝撃が走り、思わず声が漏れた。

「あぁ……」

ベートーヴェンのピアノソナタ第八番『悲愴』第二楽章。

この聞き覚えのある音。間違いない。間違うはずもない。

だって、毎日毎日あの場所で聞いていたんだ。

この音色。このタッチ。これが母さんの弾いているピアノだとしたら……。

僕の頭の中で、不安な予感がはじけた。

もう一度名刺を見た。

精神科医・安達緑一郎。

ピアニストだった母親と一枚のCD。

そして、母の弾くピアノが流れるあの場所。

安達――

点と点が、線で繋がったような気がした。

「まさか……」

顔から血の気が引いていくのを感じた。

僕はもう一度、途中までめくったアルバムへと戻った。しかしそのアルバムは、余白を残したまま、僕が二歳の頃で終わっていた。

母が死んだのは三歳をすぎた頃だと聞いていた。空白の期間が一年ほどある。その間、母は写真を撮らなかったのだろうか。

どういうことだろう。

その時だった。

ピンポーンと、玄関のチャイムが鳴った。

「はい！」

僕はビクッと身を竦めた。

「はい」

もう一度声を出し、玄関へ向かった。だが、返事はなかった。

訝(いぶか)しんだ僕は、覗(のぞ)き穴から外を見た。

「えっ！」

叫び声と共に、僕は急いで玄関を開けた。

玄関前には、目を真っ赤に腫らした母さんが立っていた。

部屋にはお湯を沸かす電気ケトルの音だけが響いていた。

母さんは黙ったまま、さっき僕が見ていたアルバムを見つめていた。

「今は東京には来ない方がいいって言ったのに……」

自粛要請がとけたとは言え、高齢の母にはなるべく田舎(いなか)にいてほしかった。

「ごめんね……どうしても、居ても立ってもいられなくなって」

「ううん……」

僕はいつもは使わない湯飲みを棚の奥のほうから出した。

「僕もちょうど、色々聞きたいと思ってたんだ」

一気にたくさんの情報を入手しすぎて、頭がいっぱいだったが、とにかく僕が聞きたかったのはあの名刺のことだった。

あの名刺に書かれていた安達緑一郎とは、誰なのか。

そして何よりも、僕の実母とどんな関係にあるのか。

はやる気持ちを抑え、お湯が沸くのを待った。

その間、部屋にはずっとあのＣＤが流れたままだった。

「あの子は、プロのピアニストだったのよ」

母さんが静かに語った。

「……みたいだね」

お湯が沸き、電気ケトルのスイッチが切れた。途端に部屋は静まり返り、ピアノの音だけが響いた。僕はお茶を淹れることも忘れ、ただその場に立ちつくしてしまった。

母さんがゆっくり立ち上がり、黙ってケトルから急須に湯を注いだ。

僕はようやく口を開いた。

「この曲、毎日聴いてたよ」

母さんは静かに「そうね」と言った。

知っていたんだ。僕の中で何かが溢れた。

「あの名刺はなに？　母さんのものなの？　それとも、僕の……その……」

呼び方がややこしいなと思った。僕は母さんを母さんだと思っているし、母さんの前で実の母親のことをなんと呼んだらいいのか戸惑った。

「あれは全て、律子のものよ」

それは初めて聞く名前だった。

「律子……さん」

母さんは寂しそうに微笑んだ。

「あなたの本当のお母さんの名前よ。母さんの……わたしの、大事な妹の名前」

そう言って、母さんはポロリと大粒の涙を一粒、静かに零した。

それからどれくらい時間が経ったか、ピアノは次の曲へと移った。

母さんは静かに「もう一度聞かせてくれる？」と言った。

「ベートーヴェンのピアノソナタ第八番『悲愴』第二楽章。あの子が一番好きで、得意だった曲。ソナタ、あなたの名前の由来にもなった曲」

母さんは落ち着いた様子で続けた。

「最初から順を追って話すわ。全て正直に話すと約束する。長くなるけど、聞いてくれる？」

僕は黙って頷いた。

「このＣＤはね、律子が出したたった一枚のＣＤなの。あの子は有名なコンクールで賞を取ったこともある、将来を有望される若きピアニストだった。あのCDはね、賞を取った後に発売されたのよ。最初の曲はあの子が一番得意で好きなベートーヴェンのピアノソナタ『悲愴』第二楽章。最初に優勝したコンクールで弾いた思い出の曲でもあるわ。あの子はピアノと共に生きてきた。けれど……」

懐かしそうな、母さんの声色が一瞬で変わった。暗く、深く沈んだ声。

母さんは辛そうに「けれど……」と繰り返した。

「律子は、許されない恋をしてしまった。家族のある人を好きになってしまった」

闇から響くようなその声にゾクッとした。背中に冷たいものが走った。

「彼は二十歳も年上の音楽ディレクターで、律子が発売する予定だった次のCDを作るサポートをしていた」

母さんは苦しそうに言葉を止めた。そして意を決したように息を吸った。

「その人が、あなたの父親なの」

予想していたセリフだった。音楽ディレクターという言葉を頭の中で反芻した。

「じゃあ、一緒に入っていた、あの名刺の人は……」

「あの人は、違うわ。関係ないの」

僕は心から安堵の吐息をはいた。

「その方の前に、あなたの父親の話をするわね。彼はね、ごめんなさいね……あなたの実の父親なのに、わたしはどうしても彼のことを憎まずにはいられないのよ……」

母さんは、苦しそうに唇を噛んだ。

「いいよ……僕だって、父親だなんて微塵も思ってないんだから。気にしないで」

母さんは、再度「ごめんね」と呟いた。

「あの人はね、二十も年下の律子をだましたようなものなの。律子は当時ピアノ一筋で、思い返せばきちんと恋もしてこなかった。そこにあの男はつけ込んだの。『本物の恋を知らなきゃ本物の音楽家にはなれない、きみはもっと成長できる、次は前作を超えるCDを作ろう』なんてもっともらしいことを言って。『妻とはもう終わっている。別居している』こんなありきたりなセリフを律子は信じてしまった。まんまとアイツに騙されてしまった。結果、あなたができて、でもあの男は認知すらしないで逃げたわ。仕事用の別宅を持っていただけで、別居しているなんて真っ赤な嘘だった。けれど律子はどうしてもあなたを産みたかった。認知は諦めて、精神的ストレスである彼から離れ、あなたと二人で生きる覚悟をしたの。これだけは信じてね。ソナタ、あなたは律子の全てだった。あなたがいたから律子は幸せだったのよ」

母さんの目から再び大粒の涙が零れた。

「あの……僕の実の父親とは、まだ連絡が取れるの？」

僕の問いに、母さんは静かに首を横に振った。

「音信不通だったけど、うちの父さんが亡くなる前にね、探偵に頼んで調べてもらったの。音楽の仕事をしていたから簡単にわかったわ。彼はもう十年も前に病気で亡くなっていた」

僕はなんの感情もなく「そう……」と呟いた。

「あのアルバムを見た？　律子、幸せそうだったでしょ？」

母さんは真っ赤な目で微笑んだ。

「あなたと律子の写真はほとんどわたしが撮ったの。上手だったでしょ？　律子はピアノの練習もあって忙しかったから、あなたがまだ赤ちゃんの頃から、それこそ生まれた直後から、わたしと父さんはあなたのお世話をしていたのよ」

「そうか……」

だから僕はきっと、違和感なく二人を両親だと受け入れたのか。

胸のつかえがひとつ、取れた気がした。

「あなたたちは本当に幸せに暮らしていたの。でもね……」

母さんが言葉を詰まらせた。

僕を産んだ母は、車の事故で死んだ。僕が以前に聞いたのは、それだけだった。

「あれはね、事故だったの。本当に、事故だったのよ」

母さんはボロボロと涙を零した。前回もそうだった。母さんは話ができなくなり、僕もそれ以上詳しいことを聞くことができなかった。ただ、それは妹の事故を思い出すのが辛いからだと思っていた。けれど、きっとそれだけじゃない。僕の勘がそう告げていた。僕は母さんが落ち着くのを、ただ黙って待った。その間もずっと律子さんの弾くピアノが、母さんを癒すように流れ続けていた。

どれくらいの時間が経ったのか。母さんはようやく重い口を開いた。

「………あの車に、あなたも一緒に乗っていたの」

「……え？」

僕も、一緒に？

「事故であなたは奇跡的に一命をとりとめた。後遺症が残るような怪我もなくね。

でもね、目を覚ましたあなたは……、わたしのことを『お母さん』と呼んだわ」

　僕が……？

「一時的に記憶が混同されているだけだと思った。お医者さんもそう言った。わたしたち姉妹は、顔はそれほど似ていなかったけれど、声だけは本当にそっくりだったの。あなたが目覚めるまで、わたしたちは夫婦であなたに声をかけ続けていた。それで記憶を混同させてしまったんだと思った。そのうち思い出すだろうと思っていた。けれどあなたは、それからもずっとわたしたちのことをお父さん、お母さんと呼び続けたの。そのうち、わたしも父さんも、もうこのままでもいいのではと思い始めてしまった。わたしたちが親ではないことを話すということは、あなたにとって辛い事実を突きつけることになる。とてもわたしたちにはできなかった」

　なんということだ。事実が隠されていたのではない。母を忘れたのは僕の方だったのだ。僕が勝手に母親の存在を消してしまっていたのだ。

「でもね、あなたたち母子は本当にいつも幸せだったのよ。本当に、それだけは信じてほしいの……」

　母さんの態度に、どこか違和感を覚えた。

「写真……」

　僕は呟いた。

「二歳以降、実の母親との写真が一枚もないのは、どうして……？」

　母さんは一瞬、言葉に詰まった。

「それはね、律子が……なかなかピアノが忙しくなってしまって……。あまり二人で過ごす時間が取れなくなってしまったの。ソナタはまだ小さかったから、わたしたちの家にいることがとても多かったのよ」

「要するに、僕は母親が死ぬ前の二歳から、父さん母さんと一緒に暮らしていたってこと？」

　母さんは懇願するように言った。

「律子は仕事で海外に行くことも多かったし、本当に時間がなかったのよ。いつもあなたのことを思っていたわ。本当よ」

「母さん……」

　僕は母さんの目をじっと見つめた。

「本当のことを話して。いくらなんでも写真が一枚もないなんて、おかしいよ。それに、どうして母さんたちは今まで本当のことを話してくれなかったの？　実の母親が事故で亡くなったから伯母に引き取られるなんて、それほど珍しい話でもない。そこまでして、父さんが死んでもなお隠し続けるほどの話じゃないよ」

「それは……」

母さんの顔が苦しみで歪(ゆが)んだ。その表情を見るのは、本当に辛かった。

もうこのまま母さんの話を信じればいいじゃないか。そう思っている自分もいた。

そこで僕はあの名刺を思い出した。

「あの名刺の人は……?」

母さんは一度目を閉じ、そして顔を伏せた。

「精神科医って、書いてあったよね……」

母さんはひゅうッと息を吸った。

僕は呼吸をするのを忘れた。しばらくして、母さんが意を決したように言った。

「あなたのお母さんが……律子がかかっていた先生よ」

母さんは静かに俯(うつむ)いていた。

実母は、精神のバランスを崩していたのだろうか。そして、事故を起こした。

点と点が再び線で繋がった。

母さんがさっきから不自然なほどに必死で、僕らが幸せだったと言っていたのは、そういうことか。

「母親が死んだのは、本当に事故だったの……？」

僕を車に乗せたまま。それは、すなわち——

「違うのよ！」

母さんの叫びが僕の思考を遮った。

「確かに、律子は精神科にかかっていた。あの子は、思うようにピアノが弾けなくなっていたの。それもこれも全部、あの男のせい……！　次に出す予定だったCDが白紙になったのよ。あの子はその世界から締め出されてしまった……。それで、少し精神のバランスを崩したのよ。律子は繊細な子だったから……その間だけ、少しの間だけピアノから離れた。そうしたら……あの子、思うように弾けなくなってしまって、それで焦っていたの……」

母さんは強く「でもね！」と叫んだ。

「でも、あれは本当に事故だったの。警察もそう言ったの！　それなのに……一部の週刊誌がどこからかかぎつけたのよ！　元天才ピアニストの悲劇として、スキャンダラスに書き立てたの。あなたが本当の母親を知れば、事故のことを知れば、それを調べようとするかもしれない。もしも当時のそんな記事が、あなたの目に入ったら……。それが怖くて、父さんもわたしも、あなたに本当のことが話せなかった……。でもね、母さんはいつも一番そばで律子を見てきたの。わたしが保証するわ。あれは、本当に事故だった。不幸な事故だったの。だって、あの日律子は本当に嬉しそうにあなたの手を引いて、車に乗ったのよ。『じゃあ、また後でね』ってわたしに笑いかけて。お願い、信じてあげて……。お願いよ、ソナタ……」

母さんの涙はとめどなく溢れた。

僕はそんな母さんを見て、何を言っていいのかわからず、ただ小さく丸まった母さんの背中にそっと手を置いた。

「そうよ……あの先生も、安達先生もね、律子の状態は良くなっていたって言ってくれたの。有名な精神科医だったのよ。その先生が、律子はもう回復していたって。あれは事故だったって。だから、あなたにも先生からの話を聞いてほしくて、それで、あなたに事実を打ち明ける前に安達先生と連絡を取ろうとしたの。でも先生はもうご高齢で静養されていて、代わりにその息子さんと連絡を取ることができたのよ」

そう言って、母さんは財布の中から一枚の名刺を取り出した。

「あのピアノを流してほしいと頼んだのは、母さんなの」

脳裏に電流が走った気がした。

いつもピアノの旋律が流れていた。出会ったのは、父さんの葬儀の直後だった。

なぜか僕をそばに置きたがった。いつも、僕を必要としてくれた。

「ああ……」

母さんが差し出した、その名刺にあった名は——

「アダムソン……」

全身から力が抜けた。

「そうだったのか……」

彼は、最初から全部知っていたのか。

僕の境遇も、僕すら知らなかった僕の全ても、何もかもを。

「彼は、お父様の代わりにとても親身に相談にのってくださって……」

母さんが、その名刺を僕の手に握らせた。

「全てを話す時には、この名刺をあなたに渡してほしいと」

僕は茫然と自分の手にあるそれを見つめた。

「名刺……」

アダムソンが名刺を持っていたことすら、僕は知らなかった。

名刺には、アダムソンの名前と、〝メメントモリ〟の住所、詳しい地図、電話番号、そして営業時間が書かれていた。

『この名刺を持つ顧客さまへ　ＯＰＥＮ　午後六時～夜明けまで』

様々な思いが脳裏をよぎった。

「午後六時から、夜明けまで……」

僕はいつも午前十一時～午後五時までの勤務だった。僕が行く頃いつもアダムソンは寝ていて、お客がいないときはしょっちゅうソファに横になっていて、それでもお客がくると一瞬で背筋を伸ばし悠然とあの椅子に座ってみせた。僕が残業したことは一度もなく、いつも午後五時ぴったりに帰路についていた。

「午後六時から夜明けまで……」

アダムソンがいつも眠れなかったのは――

「豆電球のせいじゃなかったのか……」

僕の口から思わず乾いた笑いが零れた。

いつの間にかＣＤは終わり、部屋には静寂が広がっていた。

一週間後、僕と少年はまたあの屋上にいた。

「人がいない場所って、いいね」

僕は呟いた。

「ほんとにね」

少年が返した。

「サメってさ、日本でもいるらしいよ」

「そうなんだ」

少年が答えた。

「でもなかなか狙って出会えるものでもないらしいよ。出会えるまで何回もボートに乗って海に漕ぎ出さなきゃ」

「それ、ワタソンは何回まで付き合ってくれるの？」

「三回……かな」

「少な」

「どっちにしろ、いけないよ今は」

僕は吐き捨てるように言った。

「東京から出るなって言われてるもんな」

「閉塞的だね」

僕は大きく溜息(ためいき)をついた。

「……どうしたの？」

少年は初めて僕を心配するように言った。

僕は「え、なにが？」と返した。

「今日はいつにも増して暗いから」

「いつもは別に暗くないでしょ」

「暗いよ？」

「いやいや」

「え、本当だけど」

「え？」

僕はまだ冗談だと思っていた。

「気づいてなかったの？　ワタソンいつもまああ暗いよ」

「……まじか」

気づかなくてもいい事実に気づいてしまった。

少年はフッと笑った。

「案外、みんな自分のことってわかってないんだな」

「そうみたいだね……」

「俺、こんなだから嫌われんのかな……」

「え、なにが？」

「言い過ぎ？」

急に少年は気弱そうに言った。

「いや、そうでもないと思うけど……友達ならこんなもんでしょ」

「友達なんだ」

「友達でしょ。だってここに金銭は発生してないし」

「そっか……」

少年はふふっと笑みを漏らした。

僕は先日もらったアダムソンの名刺を取り出した。

「この名刺、持ってる？」

「ああ、持ってるよ」

少年は当たり前のように答えた。

「いつ、もらったの？」

「初回、帰る間際に。扉の外で渡された」

そういや、アダムソンは毎回必ず「お客」を玄関の外まで見送っていた。

あの時に渡していたのか。僕が知らないはずだった。

「アダムソンはなんて言ってこれをくれるの？」

「なんだっけ……『あなたは、今日はまだお客だけど、顧客になりたいと思ったらいつでもあなたのために扉は開いています』みたいな感じ？」

「ふーん」

アダムソンらしい言いまわしだ。

「ワタソンはなんて言ってもらった？」

僕は「なにも」と答えた。

少年は「なにも？」と聞き返した。

「アダムソンから直接もらったワケじゃないから」

「じゃあ、誰からもらったの？」

僕は一瞬ためらった。

「………母親」

「ふうん」

少年はさほど興味なさそうな相槌を打った。

「お母さんはさ」

「ん？」

「ワタソンのお母さんは、ワタソンのこと心配だったんだな」

不意をつかれて、僕は「……そうかな」と曖昧に返した。

「うん、そう思う」

「いや、きみの親も心配してるよ、きっと」

「そうかな……」

少年はバツが悪そうに言った。

「うん、そう思う」

なんとなく、彼はもう大丈夫だろうと思った。

これで僕には一つの心配事がなくなったわけだ。

言い換えると、僕の死ねない理由がなくなったわけだ。

「明日僕が死んだら、びっくりする？」

少年は僕を見て「……そりゃあ」と小さく言った。

僕は「ふうん」と返事をした。

少年は再度、ちらりと僕を見た。

「……死ぬ気なの？」

「……止める？」

僕は少し意地悪く言った。

「いや、そうなら俺も便乗しようかなと思って」

強がりと本気が混じったような声だった。

「便乗しちゃう？」

「でも……なんで？」

少年は再度僕の顔を覗き込むように見た。

「気になる？」

「前までと言ってること違いすぎて」

「人の考えなんて一晩あれば百八十度くらいはあっさり変わったりするんだよ」

「百八十度って真逆じゃん」

「そうだよ。大人なんてそんなもんだよ」

「どうしたの、まじで」

「どうしたんだろうね、まじで」

　僕は大きく溜息をついた。

「いつから世の中はこんなに殺伐としてしまったのだろう。疫病が流行りだしたから？　みんな不安にかられてこうなってるの？　何なんだろうね、このもやもやとした空気感は」

　二人の間にしばしの沈黙が流れた。

「日本でサメが生息しているのは沖縄らしいよ」

「……そうなんだ」

　少年が呟いた。

「行くの？」

　少年は正面を見つめたまま、小さく僕に尋ねた。

「行こうかな」

　僕も彼から視線を戻し、彼より少し大きめの声で答えた。

「いつ？」

「明日にでも」

「……東京から出ちゃいけないのに？」

迷いなく答える僕に戸惑ったのか、少年の声は心もとなく聞こえた。

「死にに行くって、不要不急に当てはまるのかな？　きっと緊急の用事にカウントしてもらえそうじゃない？」

「らしくないね」

少年はそう言って、口元を腕の中にうずめるように顎を立て膝に乗っけた。

僕はそんな彼を横目で見ながら「そう？」と少しばかり冷淡な声を出した。

「僕はもともとこんなだよ。くらーい人間だから」

「根に持ってる」

少年は顔を腕にすっぽりうずめるとクスッと笑った。

「明日サメを探しに行くって言ったら、ついてきてくれる？」

僕は再度尋ねた。

「うん……いいよ」

彼は目元が見えるくらいだけ顔を上げた。

「飛行機代くらいは言い出しっぺの僕が出すよ」

「片道でいいしね」

「宿は安いところでもいい？　食事はなしで素泊まりの」

「どこでも」

彼は再び頭を正面へと向けて、僕から視線を外した。

「沖縄そばが食べたいなあ。あのスープがうまいんだよね。沖縄の料理って食べたことある？」

僕も彼と同じように前を向いたまま、彼に話しかけた。

「ない、行ったことない」

抑揚のない返事がした。

「僕は大学の時行ったんだけどさ。海が本当に青いんだよ。スカイブルーとエメラルドグリーンっての？　空の色がまんま映ったみたいでさ、本当にきれいなんだ」

少年は気の抜けた声で「へえ」と相槌を打った。

「青く見えるけど海に入るとものすごく透明でさ。カラフルな熱帯魚みたいなのが足元を普通に泳いでいて、あれ、ふいに足に触れるとびっくりするんだよね。ちょっと気持ち悪い」

少年は再び「へえ」と答えた。

「もずくもこっちで売ってるのとは全然違って太いんだ。もずくの天ぷらっててのがあってさ、それがすごくうまかった」

「海ぶどうは？」

ようやく少し興味を引いたらしい。

「あれは塩味だったな。プチプチした海の粒みたいだった」

「いくらみたいかと思ってた」

「いくらは魚卵だけど、海ぶどうは海藻だからね。魚の旨味みたいなのはないかな」

返事はまた「へえ」に戻った。

「あとなんだっけ、炊き込みごはんみたいなのがあって……なんて料理だっけな。それと豚の角煮。甘いやつ。あれも違う名前がついていて。あれは絶対食わないと」

「へえ」

「そんな場所にサメを探しにいくなんて、なんだか楽しそうだな。いや、きっと楽しいよ。一日目で見つかったらちょっと残念だな。五日くらい堪能してから……いや、五日は長すぎて飽きるか。三日目くらいがちょうどいいかな。飽きてからよりも、もうちょっと遊びたかったなーて思うくらいがいいよね、やっぱり」

一気にしゃべって、ようやく息継ぎをした。いつの間にか彼の相槌は途絶えていた。訪れた沈黙でそのことに気が付いた。

「……ていうかさ、本当に何があったの」

さっきの、嘲笑気味だった声とは打って変わって、シリアスな音がした。

「……特に、なにも」

少年は少々不貞腐(ふてくさ)れたように「ふーん」と呟くと、再び顎を膝の上に乗せて顔を半分隠した。

「明日、行ってもいい？」

僕の言葉に、彼は心もとない声で「……うん」と小さく発した。まるで拗(す)ねている子供のようだった。

「チケット、とってもいい？」

彼のほうへ顔を向けた。彼は黙ったまま、不貞腐れた表情で僕を無視するように真っすぐ前を見ていた。

そのまましばしの沈黙を過ごした後、僕は「どう？」と意地悪く微笑んでみた。

少年は正面から少しも視線を動かさず、ぶっきらぼうに「なにが」と答えた。

「この前の僕の気持ちが、ちょっとはわかった？」

彼の眉間に皺が寄った。一瞬考えたのだろう。次の瞬間、彼はうねるように眉頭を動かし「うわ、うざ」と、片頰を引きつらせ僕を睨んだ。

クールぶっている彼の表情が大きく動く様子が可笑しくって、でも笑うと不機嫌になるだろうから彼にバレないようにちょっとだけ笑った、

「ま、お互い頑張って生きよっか」

僕の声と表情が急にスッキリしたことに、彼は一瞬安堵を滲ませ、慌ててまたすぐ眉間に皺を寄せた。

「はあ？　ほんとなんだよ、急に」

悪態を吐く様子も前よりかわいらしく感じた。

「生きようよ、頑張ってさ」

「頑張って……ね」

彼はすっかり安堵した様子で、けれど精一杯強がるように溜息をついた。

この微笑ましい彼と僕とは、少ししか年齢が違わない。大きく分ければ同じ世代なのだろう。けれど間違いなく二人は違う世界を生きている。

「だってさ、もうさ、頑張らなくちゃいけないような世の中なんだもん。頑張ら

ずには生きていけない世の中になってるんだもん。そう思わない？」

同じような世代の僕らでさえ、同じ世界を、まったく違う角度から見ている。きっと今僕に見えているものは、まだ彼には見えていなくて、今彼に見えているものは、もう僕には見えていないのだろう。

「それでさ、また辛くなったらサメと沖縄について検索するんだ。目撃情報とかもっと具体的に調べてさ、お互いに情報交換したりして」

それでも、きっと僕も彼も、同じような闇の中を彷徨（さまよ）っている。

「そんなバカなこと言いながらさ。本気だか嘘だか、前向きだか後ろ向きだかわからない旅の計画を立ててさ」

だからこそ、同じような小さなことに希望を見出（みいだ）したりできるんだ。

「ついでにうまい店も探してさ。朝昼晩と豪華に食べ歩く店も決めて」

それはきっと、僕らだけではなく。

「それで一回呼吸を整えたら、またある程度、まあまあ適当に頑張って生きていけるんじゃないかなって、そんな気がするんだよ」

このなんだか薄暗い世の中を生きている、立場や年齢も違う全ての人たちが。

きっと全ての人たちが、この夜の中で光を探し彷徨っている。

「だから、なんとなく僕に付き合って、一緒に生きてみてよ」

彼はほんの少し微笑んで、小さく「うん」と頷いた。

「いま『うん』って言ったからな。言質とったから」

僕はすかさず言った。

「うわ……せこ」

「じゃあ、まず手始めに……」

僕はそこで言葉を区切り少年に目をやった。少年は僕の次の言葉を待っていた。

「きみの名前を教えて」

僕の言葉に少年は今までで一番大きく目を開いた。

「……知らなかったの？」

「うん。だから、ずっと名前が呼べなかった」

「はあ？　信じられね」

少年は呆れたような失笑を浮かべた。僕は口を開いた。

「僕の名前は渡邊ソナタっていうんだ。ソナタは音楽の一種で、クズの父親と不運なピアニストの母親との間に生まれた。生物学上の父はどっかで野垂れ死んだから顔も知らない。母親は僕と一緒の時に事故って死んだ。奇跡的に助かった僕は母の姉夫婦をずっと実の両親だと思い、今まで育てられた。つい先日、本当のことを知った」

彼はひと時のち、「本当に？」と尋ねた。

「漫画の設定みたいでしょ？」

僕が微笑むと、彼は真剣な表情で口を開いた。

「高橋秋人（たかはしあきと）。秋の人とかいてアキト。よく『秋生まれ？』って聞かれるけど、その通り、秋生まれ。父親は普通のサラリーマン。母親は弁当屋でバイトしてる。新型ウイルスのせいで父親はリモートワークとは名ばかりの開店休業状態。仕事人間からまさかの失業寸前。かたや母親の弁当屋は大繁盛。シフトが増えて大忙し。家にいる父親は家事もしないどころか母親に八つ当たり。パワーバランス崩れて家の中はぐちゃぐちゃ。誰も家事をしないから物理的にもぐちゃぐちゃ。金と時間をかけて大事に育てた一人息子は高校に馴染（なじ）めず中退寸前」

息継ぎもせずに話すと、秋人は僕を見てニヤリと口角を上げた。

「ごく普通の家庭だよ」

そう言って、彼は少し笑った。

「じゃ、またね」

道路に出てマスクを装着した僕は、秋人に言った。

彼は彼らしく「うん、また」とそっけなく答えた。

ためらいのないその言葉は、とても自然に彼の口から零れ落ちたように聞こえた。

そして、口の端っこにとても薄く笑みが浮かんでいることを、僕は見逃さなかった。

「またね」

一人歩く帰り道、口の中で呟いてみた。今まで当たり前のように使っていた別れの挨拶が、急に意味を持ったように思えた。言葉に魂が宿るとは、こういうことだろうか。

「じゃ、またね」

今まで何度口にしただろう。次に会えるのが当たり前と思って。会いたければお互いいつでも会えるんだと高をくくって。お互いに会えなくなる可能性があるなんて、微塵も考えたことなどなかった。

そういえば、アダムソンは僕が帰る間際、必ず『次回』を確認していた。雇用主だからだろうと気にも留めてなかったけれど、もしかしたら彼はもっと別の意味を込めていたのではなかろうか。

「うん、また」

彼の口から零れて落ちた言葉は、明確な意思を持っていた。

「またね」と言える幸せ。

「またね」と返してもらえる幸せ。

そんなこと、これまで一度も考えたこともなかった。

会えることが幸せで、会える人がいることが幸せで、会いたい人がいることが幸せで、会いたいと思ってもらえることが幸せで。人間はきっと、群れで生きる生物なのだろう。

こんな世界になって、僕はようやくそのことに気づいた。

ポケットからスマホを取り出した。

「あ、母さん？　いや、別に用事はないんだけど、変わりないかと思って」

いつも通り、電話越しの母の声からは嬉しさが伝わってきた。

本当に用事はなかったので、他愛のないことをいくつか話した。他愛もない話はすぐになくなり、僕がほんの少し口をつぐむと、次は母が他愛もない出来事を話した。ものの五分ほどの、短い通話だった。

「変わりなくてよかった。じゃ、またね」

電話越しの母は「はい、またね。元気にしているのよ」と言った後、僕が切るまで通話を切らなかった。

画面の消えたスマホをポケットに戻し、僕は「またね」と宙に呟いた。

「またね」

マスクの中で小さく繰り返す。

時刻は五時半をまわっていた。

僕は少しペースを落とし、ゆっくり歩き続けた。

それから〝メメントモリ〟へは行かなかった。代わりに毎日あの屋上に足を運んだ。

次に秋人が屋上に来たのは、また一週間後の週末だった。

「俺さ、引っ越すことになった。父さんが仕事辞めて、母さんの実家の酒屋継ぐことになってさ」

僕は「そっか」と笑った。

「鹿児島だから、沖縄には近くなる」

秋人も少し笑った。

それから僕たちは、沖縄の飲食店を調べた。途中、彼がポツリと「でも行くときにまだあるかわかんねーよな」と呟いたのが、なんとも切ない気持ちにさせた。

このウイルスがあとどのくらいの規模で、あと何年くらいの間この世界に影響を及ぼすのかは誰にもわからない。だからこそ、僕らには命綱が必要だ。

「なんていうか僕ら、互いの命綱を握り合ってる感じだね」

「普通にキモいよ」

スマホに視線を落としたまま、嘲笑するように秋人は言った。

「そういう相手がいたら、生きられるのかもね」

秋人は黙ったまま、画面をスクロールしていた。

「お互い見つかるといいね、二本目三本目の命綱も」

ふと彼がスマホから視線を外した。

「そんなに？」

「いくつあったっていいんだよ、命綱は。むしろいくつもあったほうがいい」

秋人は「ふうん」と、スクロールを再開した。

ふいに秋人のスマホが震えた。彼は、そのまま震えるスマホを眺めていた。

「電話じゃないの？　でなくていいの？」

彼はぶっきらぼうに「うん」と答えた。

気になった僕は「誰？」と尋ねた。

「……母親」

一瞬ためらったのち、あからさまに嫌そうな声で答えたその横顔には、深く刻まれた眉間の皺が見えた。照れ隠しなのがすぐにわかった。

「心配してるんじゃない？」

秋人はボソッと「いつものことだから」と答えた。

ああ、そうか。そうだよな。今日初めてできたと思っていた僕らの命綱は――

「すでに持ってたんだね……」

彼は「え？」と振り返った。

「ううん、なんでもない。電話かけなおしなよ」

「別にいいわ」

再び眉間にわざとらしい皺を寄せ、彼はスマホをポケットへ突っ込んだ。

まだまだ子供だな。その言葉は決して口には出せないけれど。

「なに？」

僕の笑みを堪えた顔を、彼はもの言いたげに睨んだ。

僕は「なんでもない」と首を振った。

「ワタソンがこの前さ」

彼は話し始めた。

「親だって孤独って言ったじゃん。あれ、なんか腑に落ちた。あ、そうかって」

「そっか……」

「それから、親も自分と同じ人間に見えてる」

「そりゃ、よかった」

照れ隠しなのか、秋人は「そろそろ帰るかあ」と、わざとらしく伸びをした。

時刻は午後五時を過ぎていた。

道路に出てマスクを装着した僕は、秋人に「じゃ、またね」と言った。

彼は彼らしく「うん、また」とそっけなく答えた。

僕らは背を向け、反対方向に歩いた。

「またな！」

秋人の声に振り返った。

「元気でな！」

彼は遠くから、大きく手を振っていた。

「またね！」

僕も叫んだ。

「元気でね！」

零れた涙で、マスクの縁が少し湿った。

秋人の背中が見えなくなり、僕は一人で歩いた。

闇夜に映る世。闇夜の中の世。絶望と失望と苛立（いらだ）ちと不安と孤独ばかりの世界。

そんな世界を一人歩く。それはまるで真夜中の散歩のようで。

たったひとつの灯（あか）りがなければ、進むことすらままならない。

だけど、僕らは歩く。その暗闇の中を、手探りでも。おぼつかない足元でも。

歩かなければいけないから。それがどんなに怖くとも。

どこかにあるかもしれない、希望の光へと向かって。

いつか出会えるかもしれない、孤独を分かち合える人を想（おも）って。

いつか辿り着くことを願って、歩く。
いつか出会えることを願って、歩く。
午後六時ちょうど、僕は辿りついた。
その扉は、駅から徒歩十五分くらいのところにある。
その扉は、廃墟のような雑居ビルの二階にある。
〝メメントモリ〟
二週間ぶりに見たその扉には、初めて目にする張り紙があった。

『誰もがみな孤独
悲しみなんて全てが孤独
苦しみなんて全てが孤独
誰かといても孤独
一人でいても孤独
繫がっていても孤独
離れていても孤独
この夜を彷徨う、いとしき子羊たちへ』

僕は高鳴る鼓動をおさえ、扉に添えた手にグッと力を込めた。

扉の隙間から、美しく、どこか切ない、ピアノの旋律が漏れだした。

一歩、足を踏み入れると、遠くにぼんやり灯りが見えた。

それは少しずつ近づいてきた。

「私の仕事の中で一番大切なことはね、私という存在を知ってもらうこと」

ピアノの調べと合わさるように、部屋の奥から耳に馴染んだ声がした。

「本当に必要な人に、メンターという存在があると知ってもらうこと」

初めて聞いたその瞬間から、もう何万回と聞いたこの瞬間まで、ずっと変わらない、この声。

「知ってもらわなければ何も始まらない。けれど、知ってもらうだけではまだ足りないんだ」

僕は、彼の声が好きだ。

「ありがとう、今夜ここへ来てくれて。その一歩を踏み出してくれたことが、何よりも嬉しいよ。出会って一年以上経つけれど、改めて挨拶をさせてくれないか」

薄闇の中、彼がゆっくりと僕に歩み寄った。

「はじめまして、私があなたのメンターです」

アダムソンの瞳に映った蠟燭(ろうそく)の灯りが揺れた。それは、自分の足元さえ見えないこの真夜中に輝く、たったひとつの希望の光のようだった。


それから三年が過ぎた。

忘れもしない、その日はその年初めての雪がちらついた夜だった。

僕はいつものように〝メメントモリ〟と看板のかかった扉を開けた。

扉の隙間から、美しく、どこか切ない、ピアノの旋律が流れ始めた。

「アダムソン、雪が降ってきたよ」

真っ暗な部屋の中にはただ、美しいピアノの音色が空気中に溶けだしていた。

「アダムソン……？」

自分の声ががらんとした部屋の中に響いた。

大きなダイニングテーブルの上、ポツンと一本のカセットテープが置かれていた。

ふいに、アダムソンの言葉を思い出した。

『私の仕事の中で一番大切なことはね、私という存在を知ってもらうこと。本当に必要な人に、メンターという存在があるということを知ってもらうこと。知ってもらわなければ何も始まらない』

僕はそのカセットテープをデッキにセットした。

再生ボタンを押す、指が震えていた。寒さでかじかんだせいなのか、指先の感覚は消えていた。二秒ほどのノイズが流れた。

『――親愛なるワタソン君』

ピアノの調べと合わさるように、耳に馴染んだ声がした。

『少々留守にすることになりました。私がここに戻るまで、この場所をきみに託そうと思う。時々空気を入れ替えて、少しばかり掃除もしてくれると、とても嬉しい』

勝手なことを言う。

『私はきみと出会えて、本当に幸運だった』

本当に勝手なことを言う。

『親愛なるワタソン君、また会う日まで――』

アダムソンの声は不思議だ。誰も足を踏み入れない森の奥深くに湧く泉のように透明で、柔かく温かで、穏やかで、まるで水面に小さな波紋が広がるように耳へと届く。この世の何よりも澄んでいる。そんな錯覚さえ覚える。

『メメントモリ（死を忘れるなかれ）』

彼は、この大切な場所を僕に貸してくれた。

まるで、僕自身が光になれと、そう言わんばかりに。

♪♬♫♪

「懐かしいね」

かつて少年だった彼は、コーヒーカップをゆっくりと口に運んで言った。

「きみの猫背はすっかり治ったね」

「猫背？　俺が？」

彼の返答に僕は笑った。誰もが自分のことを一番知らないみたいだ。

「俺がいなかった間のことも、教えてよ」

「また、機会があったらね」

「なんだよ、それ」

「またいつか、話すよ」

ピアノの音が、止まった。

「またいつか、ね」

三杯目の珈琲は、すっかり空になっていた。

END

「アップルブックス」配信
二〇二一年七月連載。
文庫化にあたり、加筆、修正を行いました。

本作はフィクションです。
実在の個人、団体、事件とは一切関係ありません。（編集部）

実業之日本社文庫　好評既刊

阿川大樹
終電の神様

通勤電車の緊急停止で、それぞれの場所へ向かう乗客の人生が動き出す――読めばあたたかな涙と希望が湧いてくる、感動のヒューマンミステリー。

あ13 1

阿川大樹
終電の神様　始発のアフターファイブ

ベストセラー『終電の神様』待望の書き下ろし続編！　終電が去り始発を待つ街に訪れる5つの奇跡を、温かな筆致で描くハートウォーミング・ストーリー。

あ13 2

阿川大樹
終電の神様　台風の夜に

ターミナルの駅員、当直明けの外科医、結婚式を予定しているカップル――台風で鉄道が止まる一夜、それぞれの運命が動き出す。感動のベストセラー新作！

あ13 3

秋吉理香子
婚活中毒

この人となら――と思った瞬間、あなたは既に騙されている！　人生はどんでん返しの連続。幸福を願うすべての人へ贈る婚活ミステリー。（解説・大矢博子）

あ23 1

伊兼源太郎
密告はうたう　警視庁監察ファイル

警察職員の不正を取り締まる警視庁人事一課監察係の佐良は元同僚・皆口菜子の監察を命じられた。彼女とはかつて未解決事件での因縁が…。（解説・池上冬樹）

い13 1

実業之日本社文庫　好評既刊

伊兼源太郎
ブラックリスト　警視庁監察ファイル
容疑者は全員警察官――逃亡中の詐欺犯たちが次々と変死。警察内部からの情報漏洩はあったのか。ブラックリストが示す組織の闇とは!?（解説・香山二三郎）
い13 2

伊坂幸太郎
砂漠
この一冊で世界が変わる、かもしれない。一瞬で過ぎる学生時代の瑞々しさと切なさを描いた一生モノの傑作長編！　小社文庫限定の書き下ろしあとがき収録。
い12 1

伊吹有喜
彼方の友へ
「友よ最上のものを」戦中の東京、雑誌づくりに情熱を抱いて歩む人々を、生き生きとした筆致で描く感動傑作。第158回直木賞候補作。（解説・瀧井朝世）
い16 1

池井戸　潤
空飛ぶタイヤ
正義は我にありだ――名門巨大企業に立ち向かう弱小会社社長の熱き闘い。『下町ロケット』の原点といえる感動巨編！（解説・村上貴史）
い11 1

池井戸　潤
不祥事
痛快すぎる女子銀行員・花咲舞が様々なトラブルを解決に導き、腐った銀行を叩き直す！　テレビドラマ「花咲舞が黙ってない」原作。（解説・加藤正俊）
い11 2

実業之日本社文庫　好評既刊

池井戸 潤
仇敵
不祥事を追及して職を追われた元エリート銀行員・恋窪商太郎。彼の前に退職のきっかけとなった仇敵が現れた時、人生のリベンジが始まる！（解説・霜月 蒼）
い11 3

大山誠一郎
アリバイ崩し承ります
美谷時計店には「アリバイ崩し承ります」という貼紙がある。店主の美谷時乃は、7つの事件や謎を解決できるのか!?（解説・乾くるみ）
お8 1

今野 敏
マル暴甘糟（あまかす）
警察小説史上、最弱の刑事登場!? 夜中に起きた傷害事件は暴力団の抗争か半グレの怨恨か。弱腰刑事の活躍に笑って泣ける新シリーズ誕生！（解説・関根 亨）
こ2 11

今野 敏
マル暴総監
史上〝最弱〟の刑事・甘糟が大ピンチ!? 殺人事件の捜査線上に浮かんだ男はまさかの……痛快〈マル暴〉シリーズ待望の第二弾！（解説・関口苑生）
こ2 13

知念実希人
仮面病棟
拳銃で撃たれた女を連れて、ピエロ男が病院に籠城。怒濤のドンデン返しの連続。一気読み必至の医療サスペンス、文庫書き下ろし！（解説・法月綸太郎）
ち1 1

実業之日本社文庫　好評既刊

時限病棟
知念実希人

目覚めると、ベッドで点滴を受けていた。なぜこんな場所にいるのか？　ピエロからのミッション、ふたつの死の謎…。『仮面病棟』を凌ぐ衝撃、書き下ろし！

ち12

リアルフェイス
知念実希人

天才美容外科医・柊貴之。金さえ積めばどんな要望にも応える彼の元に、奇妙な依頼が舞い込む。さらに整形美女連続殺人事件の謎が…。予測不能サスペンス。

ち13

レゾンデートル
知念実希人

末期癌を宣告された医師・岬雄貴は、不良から暴行を受け、復讐を果たすが、現場には一枚のトランプが……。最注目作家、幻のデビュー作。骨太サスペンス‼

ち14

誘拐遊戯
知念実希人

女子高生が誘拐された。犯人を名乗るのは「ゲームマスター」。交渉役の元刑事が東京中を駆け回るが…。衝撃の結末が待つ犯罪ミステリー×サスペンス！

ち15

崩れる脳を抱きしめて
知念実希人

研修医のもとに、彼女の死の知らせが届く……。愛した彼女は本当に死んだのか？　驚愕し、感動する、恋愛ミステリー。著者初の本屋大賞ノミネート作品！

ち16

実業之日本社文庫　好評既刊

原田ひ香
サンドの女　三人屋
心も体もくたくたな日は新名物「玉子サンド」を召し上がれ——サンドイッチ店とスナックで、新・三人屋、今日も大繁盛。待望の続編、いきなり文庫で登場！

は92

原田マハ
星がひとつほしいとの祈り
時代がどんな暗雲におおわれようとも、あなたという星は輝きつづける——注目の著者が静かな筆致で女性たちの人生を描く、感動の7話。（解説・藤田香織）
は41

原田マハ
総理の夫　First Gentleman　新版
42歳で史上初の女性・最年少総理大臣に就任した妻と、鳥類学者の夫の奮闘の日々を描いた、感動の政界エンタメが装いも新たに登場！（解説・国谷裕子）
は43

東野圭吾
白銀ジャック
ゲレンデの下に爆弾が埋まっている——圧倒的な疾走感で読者を翻弄する、痛快サスペンス！　発売直後に100万部突破の、いきなり文庫化作品。

ひ11

東野圭吾
疾風ロンド
生物兵器を雪山に埋めた犯人からの手がかりは、スキー場らしき場所で撮られたテディベアの写真のみ。ラスト1頁まで気が抜けない娯楽快作、文庫書き下ろし！

ひ12

実業之日本社文庫　好評既刊

東野圭吾
雪煙チェイス
殺人の容疑をかけられた青年が、アリバイを証明できる唯一の人物——謎の美人スノーボーダーを追う。どんでん返し連続の痛快ノンストップ・ミステリー！

ひ１３

東野圭吾
恋のゴンドラ
広太は合コンで知り合った桃美とスノボ旅行へ。ところがゴンドラに同乗してきたのは、同棲中の婚約者だった！　真冬のゲレンデを舞台に起きる愛憎劇！

ひ１４

真梨幸子
6月31日の同窓会
同窓会の案内状が届くと死ぬ!?　伝統ある女子校・聖蘭学園のＯＧ連続死を調べる弁護士の凛子だが……先読み不能、一気読み必至の長編ミステリー！

ま２１

三浦しをん
ぐるぐる♡博物館
人類史から秘宝館まで、博物館が大好きな著者がときに妄想を膨らませつつお宝や珍品に迫る。愛と好奇心が渦を巻く興奮のルポエッセイ！（解説・梯　久美子）
み10１

宮下奈都
緑の庭で寝ころんで　完全版
愛する家族とのかけがえのない日々を、母として、作家として見つめ、あたたかい筆致で紡ぎ出す。単行本未収録のエッセイ二年分を追加収録した贅沢な一冊！

み２４

実業之日本社文庫 き61

真夜中のメンター　死を忘れるなかれ

2021年10月15日　初版第1刷発行

著　者　北川恵海

発行者　岩野裕一
発行所　株式会社実業之日本社
〒107-0062　東京都港区南青山5-4-30
CoSTUME NATIONAL Aoyama Complex 2F
電話［編集］03(6809)0473［販売］03(6809)0495
ホームページ　https://www.j-n.co.jp/
ＤＴＰ　ラッシュ
印刷所　大日本印刷株式会社
製本所　大日本印刷株式会社

フォーマットデザイン　鈴木正道（Suzuki Design）

ISBN978-4-408-55689-5（第二文芸）